双葉文庫

書き下ろし 長編性春エロス

微熱デパート

草凪優

目次

第一章　秘密の花園　7
第二章　麗《うるわ》しのエレベーターガール　46
第三章　案内嬢と野外セックス　93
第四章　痴漢エレベーター　141
第五章　憧れの受付嬢　192
第六章　虹色のハーレム　242

微熱デパート

第一章　秘密の花園

1

（今日はまたいちだんと綺麗だな、可菜子《かなこ》さん……）

守矢篤史《もりやあつし》は伏し目がちに彼女の様子をうかがいながら、胸底でつぶやいた。

一階の総合受付カウンターの前を通りすぎるときは、いつだって歩速が亀のようにのろまになり、動悸が激しく乱れだす。

カウンターのなかにいる、鍋島《なべしま》可菜子のせいだった。

紺色の制服とフェルト帽がよく似合う、清楚きわまりない受付嬢。

花にたとえるなら白百合《しらゆり》だろう。抜けるように白い素肌に、優美なカールをたたえた艶《つや》やかな黒髪。淑《しと》やかで端整な目鼻立ち。アーモンド形の双眸《そうぼう》とびっしり生え揃った長い睫毛が、ことのほか印象的だ。

年は二十四歳。それにしては落ち着きのある、いかにもお嬢さまといった風情の彼女こそ、伝統と格式を誇るZデパート銀座《ぎんざ》店の正面玄関を飾るにふさわしい美女だと思う。

篤史は半年前にZデパートに就職したばかりの新人だった。配属されたのは二階の紳士服売り場。いまは休憩時間で、休憩時間はいつも、食事を早々に終わらせて、ひとりでデパート内を徘徊《はいかい》している。デパートガールをウォッチングするためだ。

そもそも篤史がデパートに就職したのは、デパートガールと仲良くなりたいからだった。いや、できることなら彼女になってもらいたいという不埒《ふらち》な思いだけで、不況下の厳しい就職戦線を乗り越えてきたと言っても過言ではない。

学生時代から、デパートは心のオアシスだった。

ブランド品などにはこれっぽちも興味はなかったけれど、色とりどりの制服に包まれたデパガの姿が見たくて、買い物するわけでもないのによく館内をうろうろしていた。

清らかなたたずまいの受付嬢、白い手袋のエレベーターガール、にこやかな笑顔がまぶしい販売員たち……。

あまり大声では言えないが、篤史は制服に飾られた女体に、ひどく興奮を誘われてしまうタチだった。もちろん、スチュワーデスやナースだって悪くはない。けれども、デパガの魅力には敵わなかった。ヴァリエーションが豊かだし、華やかなのに親しみやすさがあって、見ているだけでうきうきしてしまう。

とはいえ、入社して半年、デパガを彼女にしたいという就職前の願望は、いまだ叶えられてはいなかった。

(可菜子さんみたいな人が彼女になってくれたら、最高なのにな……)

篤史は休憩時間に館内のデパートガールを隈なくチェックしては、ノートをつけていた。気に入ったデパガの特徴を書きとめたり、シフトを記録したり、言ってみれば〝彼女候補リスト〟のようなものだ。

そのリストのいちばん上には、可菜子の名前があった。

毎日のように彼女の姿を眺めては、胸をときめかせていた。けれども、告白どころか、まだ口をきいたことすらない。けっして眺めているだけで満足しているわけではないのに、挨拶する勇気さえもつことができない。

篤史は童貞だった。

中学高校は男子校で、大学が理系だったせいもあり、二十二歳のいままで異性との出会いがなかったのだ。そのうえ性格も内気だから、はっきり言って、キスをしたことも、女体に触れたことも、まともなデートすらしたことがなく、どうやって女に接近すればいいのかさっぱりわからないのだった。

（まあ、いいさ……）

そのうち話ができるチャンスだってあるかもしれないと自分を慰め、総合受付カウンターを通りすぎた。

毎日、館内を徘徊するコースはだいたい決まっている。

総合受付カウンターの次は、一階正面にあるいちばん大きなエレベーターホールに向かう。最上階まで直通のものは自動運転なので、各階停まりのゴンドラを待つ。本当は、従業員がお客さま用エレベーターに乗ることは厳禁なのだが、篤史は二日に一回は乗ってしまう。

エレベーターの移動を示すランプが、一階に迫ってきた。

Zデパートのエレベーターはフロアに向かってガラス張りになっているので、ゴンドラがやってくると黄色いエレベーターガールの制服が目に飛びこんでくる。扉が開くまでのわずかな間、誰が乗っているのか限界まで胸が高鳴る。

「お待たせしました。上へまいります」

まばゆい白手袋を天井に向けたエレベーターガールを見て、篤史は目を細めた。

目当ての藤咲彩香《ふじさきあやか》だった。

可菜子が清楚な白百合なら、彩香は盛夏に咲き誇るひまわりということになるだろう。

綺麗な卵形をした顔の輪郭に、西洋画の天使みたいなぱっちりした目。それを引きたてるちょっと太めの凜々《りり》しい眉。背中でなびく長い髪は鮮やかな栗色に輝いて、ぽってりと肉厚な唇は食べごろの果実のように赤く色づいている。

粒ぞろいのZデパートのエレガのなかでも、彩香は押しも押されぬナンバーワンだった。年はこちらも二十四歳。篤史の〝彼女候補リスト〟には、可菜子と並んでいちばん上にランクされている。

篤史は社員であることを隠すために胸のネームプレートをはずしてから、いそいそとゴンドラに乗りこみ、最奥でじっと息をひそめた。

「本日はZデパート銀座店にご来店、まことにありがとうございます。二階、紳士服フロアは通過いたします。三回は婦人服、婦人用品でございます。お降りのお客さま、いらっしゃいませんか？」

彩香の声はハスキーで甘い。お決まりのアナウンスでも、彼女の唇から流れるとハープが奏《かな》でる音楽のようで、うっとりと聞き惚れてしまう。

そしてそれ以上に素晴らしいのがプロポーションだった。

エレベーターガールの制服は、黄色い帽子に黄色いスーツ。スーツは身体のラインを強調するタイトなもので、チラと横目で盗み見れば、はちきれんばかりに盛りあがっている胸のふくらみが、タイトミニに包まれたむっちりしたヒップの双丘が、セクシャルな色香を放って篤史を悩殺してくる。

（彩香さんって、顔は清純っぽいのに、身体つきはすごくエッチだよな……彼氏、いるのかなあ……）

上昇するゴンドラのなかで考えることは、いつも同じだった。この世に彼女のボディを思いのままにしている男がいるかと思うと、身をよじるほどの嫉妬にかられる。そのくせ、可菜子に対してもそうであるように、話しかける勇気さえもつことができない。

あっという間に屋上についてしまった。

普段から屋上まで乗っている客は少ないが、その日は篤史ひとりだった。

「いってらっしゃいませ」

扉が開くと、彩香は蜂のようにくびれた腰を深く折ってお辞儀をし、ゴンドラから送りだしてくれた。ネームプレートをはずしているから、客だと思っているのだ。同じ社員としていささか罪悪感を感じたけれど、とびきり麗《うるわ》しいエレベーターガールが自分だけを送りだしてくれたうれしさに、篤史はスキップでもしたい気分になった。

2

普段ならもう少し各階のフロアをうろうろするのだけれど、今日は〝彼女候補リスト〟の上位二人をじっくり観察できたので、満足度が高かった。余韻を瞼《まぶた》に残したい感じがした。

とはいえ、休憩時間はまだ三十分以上ある。どうしたものかと考えながら、とりあえず従業員専用の階段を使って屋上から降りていった。

デパートの裏側にはデッドスペースがかなりある。使われていない倉庫や階段、けっして人が通らない廊下、イベント待ちの催事場などだ。篤史はそういったところで、ひとりでぼんやりしているのが好きだった。

（そうだな。今日は催事場に行ってみようかな……）

催事場のある七階まで階段で降りると、奥の廊下をワインレッドの制服が横切っていった。

ひと目で誰かわかった。

紳士服売り場の案内係、芹沢佐緒里《せりざわさおり》だ。

篤史はつい歩速をあげて後を追ってしまった。

案内嬢の制服の上着は燕尾服《えんびふく》のようになっていて、ヒップを隠している。篤史はタイトスカートのなかで揺れ動く尻肉を見るのが大好きだったので、いささか忌々《いまいま》しいデザインなのだが、佐緒里だけは特別な存在だった。

素晴らしい美脚の持ち主だからである。

制服の一環である踵《かかと》の低いパンプスを履いていても、その脚の長さは圧倒的だった。細すぎず、太すぎず、まっすぐに地面に伸びたフォルムは神々しいほどで、膝小僧もまったく浮いていない。プロポーション全体がすらりとしているから、ナチュラルストッキングに包まれて、艶めかしい光沢を放つコンパスを颯爽と前後させてフロアを闊歩《かっぽ》する姿は、溜め息が出るほどセクシーなのだ。

顔も美しかった。

高貴という表現がぴったりくる、やや和風の細面。涼やかな切れ長の目と、薔《ば》薇《ら》の花びらのような唇。まばゆく光るストレートロングの黒髪が、背中でなびいているのもかっこいい。

その美貌だけを冷静に判断すれば、Zデパート銀座店でもトップクラスだろう。実際ファンも多く、同期との雑談に名前が出る頻度も高い。

もちろん、篤史もその美しさに魅せられているひとりなのだが、〝彼女候補リスト〟には入れていなかった。

美女は美女でも、なんとなく怖いからだ。五つも年上の二十七歳だし、同じフロアで働いている仕事に厳しい先輩でもある。恋愛対象というより、目の保養に遠くから眺めているだけで充分だった。

（どこに行くんだろう……）

佐緒里は七階の廊下を奥へ奥へと進んでいった。床を叩くパンプスの音がいつもより小さく、どことなく忍び足を思わせる。

この建物の七階は催事場で占められていて、大きいものから小さいものまで全部で四つのスペースがある。現在はメインの大催事場以外は閉鎖されているから、あまり奥に行くと廊下の照明も半分消され、人気《ひとけ》もなくなっていく。

接近しすぎると気づかれてしまいそうだったので、篤史は廊下に積まれた段ボールに身を隠し、視線だけでワインレッドの制服を追った。

佐緒里はスタッフオンリーのゲートを抜けて、二番目に大きな催事場に入っていった。むろん、使われていないところだ。こそこそとまわりを見渡してから、そうっと扉を閉めた。

不意に出くわした美女の不可解な行動に、篤史の心臓は早鐘《はやがね》を打ちはじめた。いったいなぜ、そんなところに入っていったのだろう。

着替えのためだろうか。いや、それならロッカールームに行くだろう。では誰かとの待ち合わせか。佐緒里のクールな美貌からは想像しにくいが、実は上司との不倫に溺れていて、ひと目につきにくい場所で密会しているとか……。

さまざまな疑惑が渦巻き、真相を知りたくて仕方がなくなってくる。

段ボールの陰から出て、抜き足差し足で催事場に近づいた。鉄製の扉にそっと耳をあてる。声は聞こえない。誰かと会っているわけではないらしい。

(ど、どうしよう……)

もちろん、ただ静かなところでひとりになりたかっただけなのかもしれない。携帯電話でメールを打ちたいのかもしれないし、昼寝が目的ということも考えられる。

それならそれでかまわなかったが、篤史はそこに謎があれば解かずにはいられない性格をしていた。

とにかく真相が知りたい一心でドアノブをまわした。音をたてないように注意しながら一センチほど開けて、隙間からなかをのぞきこんだ。

佐緒里の姿がなくなっていた。のぞきこむ角度を何度も変え、隙間を五センチまでひろげて見てみたが、見当たらない。

とんだ真昼のミステリーだ。

心臓の早鐘は高まる一方だったけれど、思いきって扉を全開にした。

がらんとしていた。教室三つぶんくらいある催事場は、イベント開催中はたいへんな賑わいを見せるのだが、いまはすべての扉がぴったりと閉められていて、館内の喧噪《けんそう》も届かない。

息を殺してなかに進んだ。

螢光灯は消されているが、オレンジ色の豆球がいくつかついていたし、あちこちの隙間から灯りが漏れてくるから、慣れればそれなりに視界はきく。

隅のほうに置かれた更衣室が目についた。建てつけのものではなく、いかにもバーゲン会場に置かれているような、移動式の簡易更衣室である。

なかからかすかな衣擦《きぬず》れ音が聞こえてきた。目を凝らすと、黒いパンプスがカーテンの前に揃っていた。

どうやら佐緒里の目的は着替えだったらしい。

もう一度疑惑が渦を巻く。

どうしてわざわざこんなところで着替えているのか。ロッカールームで着替えにくいとなれば、下着の類《たぐい》なのかもしれない。たとえば人には見られたくないセクシーすぎるパンティを穿いているとか、脱ぐのが極端に面倒な補正下着を着けているとか……。

心臓が爆発しそうなほど高鳴った。

目の前にあるグレイのカーテン。ごく薄いその布地を隔てて、いまワインレッドの制服美女が下着を脱いでいるのだ。その想像図が瞬く間に脳裏を支配しつくし、ズボンの下で肉茎が勃起した。身の底から淫らな感情がむらむらと沸きあがってきて、居ても立ってもいられなくなってしまった。

（ちょ、ちょっとくらいのぞいたって、バレないんじゃないかな……）

ふっと思った。いや、まともに考えれば、バレる確率はかなり高いだろう。あたりには机も椅子も見当たらないから、上からのぞくことはできない。カーテンをめくるしか、のぞく方法がないのだから。

それでも諦《あきら》めきれなかった。

なにしろ相手は、Zのデパートガールのなかでも指折りの美女なのである。どんな神々しいほどの美脚が、その全貌を付け根から露《あらわ》にしているのである。リスクを背負ってでものぞきにチャレンジする価値があるだろう。さすがに女子トイレや更衣室をのぞくのは犯罪だと思うけれど、ここは使われていない催事場なのだ。万が一見つかったとしても、言い逃れができそうな気がする。

とりあえずその場で靴を脱いだ。リノリウムの床なので革靴だと音が鳴ってしまう恐れがあるからだ。篤史は脱いだ靴を脇に抱え、足音を完璧に消し去った靴下姿で、息を殺して簡易更衣室に近づいていった。

3

簡易更衣室に接近していくに従って、カーテンの向こうで人の気配がいや増し、衣擦れ音以外に吐息まで聞こえてきた。

（ちょっとだけだ……ちょっとのぞいてすぐに逃げるんだ……）

出口までの距離は十メートルほどだろうか。ダッシュすれば五秒もかからない。絶対に見つかるものかと自分に言い聞かせながら、リノリウムの床に腹這いになった。下からのぞけば、いきなり目が合う心配はないだろう。

深呼吸を三回してから、グレイのカーテンを指先でつまみ、一センチほどめくった。

（う、うわっ！）

衝撃的な光景が目の前にひろがっていた。

佐緒里は大きな姿見に向かってまっすぐに立っていた。ワインレッドの帽子にワインレッドの燕尾服。しかし、その下に穿かれているはずの黒いタイトミニがなかった。ナチュラルカラーのパンティストッキングと、ナイロンの生地に透けた黒いレースのパンティが丸見えだった。逆Vの字を描いて伸びている長い美脚はやはり惚れぼれするほど艶めかしく、鳥肌が立つほどセクシーだ。

しかし――。

真に衝撃的な理由は別にあった。

ピアニストを思わせる佐緒里の白く長い指先が、下腹部を這っていたのだ。股間を縦に割る、パンストのセンターシーム。それをなぞるように、女の割れ目がある部分をさすりあげていたのである。

篤史は目を上向け、鏡に映った佐緒里の顔を見た。

ローズレッドのルージュが塗られた唇が、淫らがましい半開きになっていた。頭部が丸くなったフェルト帽の下で、流麗な細眉がきつく寄せられ、切れ長の目はねっとりと潤んで、鏡に映った自分の姿を陶然と眺めていた。

（ま、まさか……まさか佐緒里さんが、こんなところでオナニーを……）

にわかには信じられなかったが、そうとしか考えられなかった。指先がセンターシームを移動するたびに、腰がよじられ、美脚をくねらせている。半開きの唇からもれる吐息が、次第に熱っぽくなっていく。

「はぁあっ……はぁああっ……」

佐緒里はぶるるっと身震いすると、もう我慢できないといった風情で、パンティストッキングに手をかけた。美脚をサポートしている艶めかしいナイロン皮膜を、くるくると丸めて脚から抜いた。

（う、うおおっ……）

思わず声をあげてしまいそうになり、篤史はあわてて手のひらで口を塞《ふさ》がなければならなかった。

佐緒里の美脚はパンストを脱いでなお、瑞々しい光沢を放っていた。まるで釉《うわ》薬《ぐすり》をたっぷり塗った白磁《はくじ》のように、雪色に輝いていた。

さらに幸運なことに、佐緒里が丸めて床に落としたパンストが、篤史のすぐ目と鼻の先に転がってきた。鼻を鳴らさないように注意しながら、ほのかに漂ってくる甘酸っぱい匂いを、取り憑かれたように嗅いでしまった。

佐緒里は続いて、黒いレースのパンティに手をかけた。しなやかにくびれた柳腰をもじつかせて、女の恥部を覆う薄布をも脚から抜いた。

すさまじい興奮に、篤史は全身の毛穴が一気に開いた気がした。

逆三角形を描く黒いヘアは、驚くほどの密林だった。縮れ毛が密集していて、まるで獣のような生えっぷりだ。顔立ちがノーブルなだけに、たとえようもなくいやらしい眺めだ。

佐緒里は鏡に映った半裸の自身を潤んだ瞳で見つめつつ、両膝の間隔を緩めていった。長い美脚が菱形を描き、無防備になった股間に指先を伸ばした。

「はぁうっ！」

白い喉を突きだし、背中を弓なりにのけぞらせる。天井にはオレンジ色の豆球しかついておらず、そのうえ狭い個室でのことだから、暗すぎてよく見えなかったけれど、指を動かしはじめたらしい。しきりに腰がよじられ、美脚で描いた菱形が歪む。高貴な美貌が生々しいピンク色に上気し、股間から湿っぽい肉擦れ音が立ちのぼってくる。

「あぁっ……あああっ……」

半開きの唇からだらしないあえぎ声をもらしつつ、足もとの絨毯《じゅうたん》に膝をついた。こみあげる快感に、立っていることができなくなったようだ。

いったん体育座りのような格好になったが、すぐに鏡に向かってぱっくりと股間を開いた。麗しい美脚でMの字をつくると、割れ目に右手をあてがい、ひらひらと指を泳がせだした。

（うおっ……うおおおっ……）

篤史はたまらず腰を上下させ、リノリウムの床に股間を擦りつけてしまった。痛いくらいに勃起しきった肉茎が、鈍い刺激を受けておびただしい我慢汁を漏らし、ブリーフを汚してしまう。

女がオナニーするところはアダルトビデオで何度か見たことがあるけれど、生で、しかもこっそりとのぞき見る興奮はビデオで見るのとは段違いだった。女体が放つ熱気が、その股間から漂ってくる牝の淫臭が、二十二歳の童貞の激情を揺さぶり抜いた。

指先が股間をいじるほどに聞こえてくる、猫がミルクを舐めるようないやらしい音。実際にはかすかな音量なのだろうが耳を聾《ろう》するほど大きく聞こえ、理性を失ってしまいそうになる。この場でズボンをさげ、分身をしごきたてたい誘惑に駆られ、思いとどまるのに苦労する。

「はぁあんっ……いいっ……いいよおっ……」

篤史の苦労など知るはずもない佐緒里は、いよいよしっかりと目を閉じて、指の運動を激化させていった。篤史に向けた臀部をしきりに動かし、足指を折り曲げて絨毯を掻き毟《むし》っている。紅潮した美貌は愉悦にとろけきり、閉じることのできなくなった唇から甘い吐息をとめどもなくもらす。

と、右手で股間をまさぐりながら、左手の中指を口に咥えて舐めしゃぶりだした。その表情が、露骨にフェラチオを連想させたので、篤史は瞬《まばた》きができなくなった。佐緒里はしたたるほどに唾液を纏《まと》わせた左手の中指を、股間の中心に伸ばしていった。

「はぁおおおっ！」

淫らなＯの字に開いた唇から、甲高《かんだか》い悲鳴があがった。一瞬こちらに倒れてくるかと思い、身構えなければならなかったほど激しくのけぞった。

（い、挿《い》れたのか……穴に指を挿れたのか……）

篤史は目を凝らして必死に股間を凝視した。視覚では確認できなかったが、すぐに自分の推測が間違っていなかったことを確信した。

じゅぼっ、じゅぼぼっ、と先ほどまでとはあきらかに違う種類の音が聞こえてきたからである。

経験したことはないけれど、たしかにそれは指が穴をほじる音だと思った。あの綺麗な白く長い指先が、熱くたぎる蜜壺に深く沈み、うごめく柔肉を掻きまわして、溢れるラブジュースを掻きだしているのだ。

「はっ、はぁおおおっ……はぁおおおおおっ……」

佐緒里の声が、にわかに高まった。

「もうダメッ！　イクッ！　イッちゃううううう一っ！」

フェルト帽が落ちてしまいそうなほど首を振り、長い黒髪を跳ねあげる。それは普段、紳士服売り場を颯爽と闊歩してる姿からは想像もできない痴態だった。細身の肢体をしきりによじらせ、M字に開いた股間を小刻みに上下させ、身の底から声を絞りだして、エクスタシーへの階段を駆けのぼっていく。

（す、すげえ……これが女のオルガスムスなんだ……）

男のオナニーと比べ、なんて激しいのだろうと思った。オナニーでこれほどなのだから、セックスでの絶頂になればいったいどれほど乱れるのか。想像するだけで、篤史は口のなかが唾液でいっぱいになってしまった。

やがて佐緒里は、がっくりと身体を弛緩させ、絨毯の上に崩れ落ちた。胎児のように背中を丸めて、紅潮した美貌を放心させた。艶めかしく色づいた生々しい呼吸音だけが、狭い更衣室をいっぱいに満たしていった。

4

（に、逃げなきゃ……早く逃げなきゃ……）

気持ちは焦っていても、身体が動いてくれなかった。

勃起しすぎた肉茎をかばうため、篤史は尺取り虫《しゃくとり》のような格好になって全身を硬直させていた。同じ姿勢を長々と続けていたので、身体中が痺れてしまって動けないのだ。

グレイのカーテンから指を離し、ゆっくりと起きあがろうとした。

だが、痺れた手足に力が入らず、バランスを崩し、反射的にカーテンを引っぱってしまった。

カーテンを留めている金具が二、三個はじけ、ワインレッドの制服に身を包んだ美女が再び視界に飛びこんできた。アクメの放心状態にあった美貌が、一瞬にしてこわばった。切れ長の目が真ん丸に見開かれ、赤い唇がわななないた。

驚愕に声も出ない様子だった。

篤史も同様で、凍りついた視線だけがお互いの間を行き来する。

佐緒里はしきりに瞬きし、潤んだ瞳を必死に凝らしている。青ざめた表情の上で、憤怒と羞恥と戸惑いがめまぐるしく入れ替わる。

「き、きみ……新人の守矢くんよね？」

「……はい」

「なにをしてるの？」

「す、すいません。悪気はなかったんです。ちょっと休憩しようと思ってここに入ってきたら……へ、変な声が聞こえてきて……」

色を失っていた美貌が、今度は羞恥の朱色に染まっていく。

「いつから見てたの？」

「いや、その……パ、パンストを脱ぐあたりから……」

「全部見たのね」

「ご、ごめんなさい！」

篤史は飛びあがるように立ちあがり、深々と頭をさげた。

「に、二度とこんなことしませんから、許してください！」

一方的に叫んで踵を返そうとすると、

「待ちなさい！」

背後から声がかかった。振りきって逃げるべきだったが、鋭い声に気圧《けお》されて反射的に足がとまってしまった。背後で佐緒里が立ちあがる気配がした。震える双肩に白魚の指が載せられ、篤史はビクッと首をすくめる。

「……言わないわよね？」

耳殻に湿った声を浴びせられた。

「いま見たこと、絶対に、誰にも」

「は、はい」

篤史は前を見たまま何度も首を振ってうなずいた。

「絶対に誰にも言いません」

「約束できる？」

「ぼ、ぼく、口だけはかたいですから」

「……ふうん」

佐緒里の顔が肩越しに迫ってくる。

「嘘つき。かたいのは口だけじゃないじゃない」

股間のテントを見て言った。

「あっ！」

篤史はあわてて両手で股間を隠した。高々と張ったテントを見られた恥ずかしさに、耳まで真っ赤に染まってしまう。

「ちょっと来なさい」

佐緒里が腕を引いてくる。

「いや、あの……ぼく、もう売り場に戻らないと……」

腕時計を見ると、休憩時間は残り五分だった。

「ちょっとくらい遅れたって大丈夫でしょう？　あとでわたしがフォローしておいてあげるから」

佐緒里は有無を言わさぬ態度で、どぎまぎしている篤史を簡易更衣室に押しこんだ。

一畳にも満たない狭い空間で半裸の美女と二人きりになり、篤史は全身を硬直させた。ねっとりした女の分泌液の匂いがまだ生々しく残っていて、緊張に拍車をかける。手足が激しく震えだす。

佐緒里はカーテンの金具を一つひとつ丁寧に直してから、ゆっくりとこちらに向き直った。

もちろん、下半身にはなにも着けられてない。ワインレッドのフェルト帽に、ワインレッドの燕尾服、そこまではいつも見ている制服姿なのに、長い美脚は太腿の付け根まで剝きだしで、黒々とした逆三角形の草むらまで丸見えだ。

篤史の震えが激しくなる。

佐緒里はそれをからかうように視線を上下させ、口もとだけで妖艶に笑った。オナニーを見られて開き直ったのか、いつもはクールな美貌が、淫蕩きわまりない表情に豹変している。

「きみ、ちょっとズルくない？」

ささやくように言った。

「女のわたしがこんなに恥ずかしい格好しているのに、自分ばっかりきちんとスーツ着ちゃって」

「いや、あの……」

額から脂汗が噴きだしてくる。

佐緒里はいったいなにをするつもりなのだろうか。

プライドの高い彼女のことだ。オナニーをのぞかれた腹いせに、篤史にもこの場で同じことをさせるつもりなのかもしれない。

恐ろしすぎる想像だった。にもかかわらず、その想像のせいで勃起がひときわ熱くみなぎっていった。佐緒里の切れ長の目で見つめられながら肉茎を擦りあげるところを思い浮かべると、どういうわけか異常な興奮がこみあげてきた。あわてて首を振り、淫らな想像を頭から追いだす。

「脱ぎなさいよ」

佐緒里が言った。口もとは微笑んでいるが、目が本気だ。

「ズボンもパンツも脱ぎなさい」

「ゆ、許してください……」

篤史は腰を引き、股間を押さえた情けない格好のまま後じさる。怯えきった目で、すがるように佐緒里は見る。

「そお。自分じゃ脱げないわけね」

白魚の手指が、篤史の両手首をつかんだ。股間を覆った両手を剝がされ、強引に気をつけの姿勢をとらされる。高々と張ったズボンのテントが丸わかりになる。

「すごーい」

佐緒里の美貌がたぎった。

「わたしのオナニー見て、こんなに興奮しちゃったの?」

「うっ」

篤史は真っ赤に紅潮した顔をそむけ、唇を嚙みしめた。事実はその通りだが、認めてしまうのが怖かった。

（まさか……まさか、本当にこの場でオナニーさせられるんじゃ……）

恐怖に顔色を失っていると、白魚の指先がウエストに伸びてきた。ベルトをはずす金属音が、背筋を震わせる。ズボンのボタンがはずされ、ジッパーがさげられていく。

抵抗できなかった。

気がつけば、ズボンを足もとまでおろされていた。

「やだ」

佐緒里が目を丸くする。

篤史は恥ずかしさに死にたくなった。肉茎が突きあげている白いブリーフの前面が、びっしょりになるほど先走り液を漏らしていたからだ。

「ふふっ」

佐緒里はひときわ淫蕩に笑いながら、篤史の足もとにひざまずいた。ブリーフの両脇に手をかけ、屹立の出っ張りを器用にかわしてさげおろした。痛いくらいに勃起しきった肉茎が、唸りをあげて下腹に貼りつく。

「あぁっ」

篤史は泣きそうな顔であえいだ。

それは、生まれて初めて欲望器官を異性にさらした瞬間だった。恥ずかしいほどに興奮した姿を、遮《さえぎ》るものなく見つめられているのだ。

佐緒里の切れ長の目がひときわ潤んだ。舐めるような視線が、天に向かって隆起した肉茎にねっとりとからみついてくる。我慢汁で濡れ光る鈴口から、赤く充血した亀頭やカリ首、ミミズのような血管を浮きあがらせた肉幹の根元までをじっくりと眺めまわされる。視線を感じた肉茎が、釣りあげられたばかりの魚のようにびくびくと震えだす。

「これできみも共犯だよ」

佐緒里がささやく。

「もう誰にも言えないね」

「言いません。ぼく、絶対に誰にも言いませんから……」

オナニーだけは許してほしいと哀訴しようとすると、

「ねえ、教えて」

佐緒里が上目遣いに篤史の顔をうかがった。

「わたしのオナニー、こんなに漏らしちゃうほどいやらしかった？」

白魚の指が鈴口にちょんと触れる。我慢汁がツゥーッと光沢のある糸を引く。

「ううっ」

篤史は腰をわななかせた。生まれて初めて他人の手で欲望器官に触れられた衝撃に、全身の血が沸騰していく。

「正直に言いなさいよ」

佐緒里が下から言い募る。

「いやらしかったなら、いやらしかったって」

「い、いやらしかったです！」

篤史は天を仰ぎ、やけくそで答えた。

「いやらしくて、エッチで、セクシーで……心臓が破裂しそうになりました。普段は颯爽と接客してて、怖いくらいに綺麗な佐緒里さんが、あんなことをしてるなんて……すぐには信じられませんでした」

自分でもなにを言っているのかわからなかったのだが、佐緒里は満足げな笑みをこぼし、

「ふうん。わたしって、怖いくらいに綺麗なんだ?」

「は、はい」

篤史がうなずくと、白魚の指先が肉茎にからみついてきた。ひんやりした手のひらが、熱くたぎった欲望器官を包みこんだ。

「ああっ!」

篤史は驚いて腰を跳ねさせ、背中を弓なりに反りかえらせた。

5

(さ、佐緒里さんが……佐緒里が、ぼくのチ×ポを握ってる……)

目も眩《くら》むほどの衝撃に襲われ、白魚の指が巻きついた肉茎と、ワインレッドのフェルト帽を被ったクールな美貌を交互に見た。ズキズキと疼く欲望器官の脈動が、一足飛びに高まっていく。

「な、なにを……」

身震いしながら言葉を発すると、

「ふふっ、いまの答えが気にいったから、もっと深い共犯関係になっちゃおうかなあ」

佐緒里は悪戯《いたずら》っぽく笑い、肉茎を包む手筒をスライドさせはじめた。自分でしごくときよりずっとソフトなやり方だったけれど、快美の電気ショックが五体の隅々まで駆け巡り、篤史は悶絶した。腰の裏側で、経験したこともないような激しい射精感が疼いた。

「ダ、ダメですっ……出ちゃうっ……」

情けない声をあげると、

「えっ？」

佐緒里はあわてて手を離し、

「出ちゃうって、ちょっと早すぎない？」

呆れた声をあげた。

「す、すいません……」

篤史はがっくりと項垂《うなだ》れ、

「佐緒里さんのオナニーを見て興奮しすぎて、もう限界だったんです……」

本当は、生まれて初めて他人の手でペニスをいじられたから出てしまいそうだったのだが、さすがに正直に告げる気にはなれなかった。いまどき二十二歳にもなって童貞だなんて、不気味な男に思われかねない。

「そお」

佐緒里はまんざらでもない顔になり、

「でも、いきなり出したりしないでよ。制服を汚したら大変だから。今度出そうになったら、自分でお尻をつねりなさい」

「は、はい」

「出すときは、わたしのお口のなか」

「……ええっ？」

篤史は驚愕に声をひっくりかえした。

つまり佐緒里は、これからフェラチオをしてくれるつもりなのだろうか。ローズレッドのルージュに彩られたその美しい唇でペニスを咥え、淫らな愛撫をしてくれると言うのか。

「どうしたの？　お口じゃいや？」

「い、いいえ」

篤史は首を振った。

「舐めてほしいでしょう？」

「は、はい」

今度は首を縦に振って何度もうなずいた。馬鹿みたいだった。馬鹿になってしまいそうなほど興奮していた。

おそらく、佐緒里なりの口止め料のつもりなのだろう。そんなことをしなくとも、篤史は誰にも口外するつもりはなかったし、むしろのぞいていたことに対する報復を恐れていたのに、あり得ないような幸運な展開だ。

「それじゃあ、出るときは出るって、ちゃんと言ってね」

佐緒里は甘くささやくと、切れ長の目をそっと伏せた。薔薇の花びらのような唇を割りひろげ、唾液で濡れ光るピンク色の舌を差しだした。そしてもう一度、白魚の指先で肉茎を包みこんでから、亀頭の裏側をそうっと舐めてきた。

「あっ……ぐぐっ……」

篤史は声をあげてしまいそうになり、あわてて奥歯を嚙みしめた。教えられた通り、尻肉をつまんで強くひねった。

フェラチオをされるところをいままで何度となく想像したことがあるけれど、現実は篤史の幼稚な想像などはるかに超えていた。たったひと舐めされただけで、身をよじるほどの快美感が身体の芯を貫いていった。

女の舌は驚くほどつるつるしていた。そして生温かく、それ自体がひとつの生き物のように自由にうごめく。ねちっこく裏筋やカリ首の性感帯をまさぐられると、肉幹を這う血管の一つひとつが、音をたてて爆発してしまいそうになる。

「っんああっ……」

佐緒里はピンク色の舌を付け根まで大きく伸ばし、裏筋を重点的に舐めはじめた。玉袋と隣接しているあたりから先端に向けて、ゆっくりと、ねちっこく、何度も舌を這わせた。興奮のあまり鈴口から我慢汁が噴きこぼれると、そこに口づけて、チュッと吸った。肉茎と赤い唇が、粘っこい糸で結ばれた。

（す、すごい……すごすぎるう……）

篤史の身体は興奮に伸びあがった。膝と腰がおかしいくらいに震えだした。そそり勃つ肉茎はやがて、唾液の光沢をたっぷりと纏《まと》い、自分の分身とは思えないほど卑猥な姿に変貌した。

「ここも感じるんだよね？」

佐緒里は唾液に濡れた唇で言いながら、玉袋を柔らかにつかんだ。

篤史は一瞬身を固くした。そこは蹴られると死ぬほど痛い男の急所であって、性感帯であるなどという話は聞いたことがなかったからだ。

佐緒里はかまわず玉袋をやわやわと揉みしだき、舌を這わせてきた。皺を伸ばすような舌の動きが心地よかったけれど、やはり裏筋や亀頭のほうが何十倍も感じると思う。だが、佐緒里が唇を開いて睾丸のひとつを口に含むと、様相は一変した。生温かい口のなかで睾丸を転がされ、吸いあげられると、魂を吸いとられるような、激しい興奮の波が押し寄せてきた。

「んんっ……んんんっ……」

佐緒里は鼻奥から悩ましい声をもらしながら、二つの睾丸を交互に口に含み、口内で執拗に愛撫した。直接射精に繋がるような刺激ではないのだが、立っていられるのが不思議なくらいに、快美の眩暈《めまい》に揺さぶり抜かれた。

「ふふっ、元気いいね」

玉袋から口を離した佐緒里が、愉しげにささやく。睾丸にばかり愛撫が集中したものだから、刺激を求めた肉茎が跳ねあがり、恥ずかしいくらいに先走り液を飛ばしている。

「しゃぶってほしい？」

「お、お願いします！」

篤史は間髪を容れずに答えた。

「しゃぶって……しゃぶってください！」

「でも、しゃぶったら、すぐに出ちゃうんじゃないかな。わたし、けっこう上手いから」

「が、我慢します！」

「そうね。すぐに出されたらしゃぶり甲斐がないから、せめて一分くらいは我慢してね」

小首を傾げてささやく佐緒里が、いつも売り場を颯爽と闊歩しているクールな美女と、同一人物とは思えなくなってきた。いやらしくて、優しくて、可愛らしかった。篤史はまるで夢でも見ている気分で、勃起しきった肉茎をひときわ熱くみなぎらせる。

「美味しそう」

佐緒里は独りごちるようにつぶやいてから、口角がまっすぐに伸びるほど唇を割りひろげた。淫らなOの字を描いたローズレッドの唇で、亀頭を咥えこんだ。

「ぅんっ……んぐぅっ……」

「う、うおおぉぉっ……」

篤史は血走った両目を皿のようにひん剝いて佐緒里を見た。亀頭を咥えこまれた感触もたまらなかったが、見た目もすごすぎた。流麗な眉を悩ましく寄せた扇情的な美貌。高貴な鼻の穴が卑猥に膨らみ、いやらしく頬をすぼめている。

「ぅんんっ……ぅんんんっ……」

ずっぽりと根元まで咥えこむと、佐緒里も篤史を見つめかえしてきた。挑発的な上目遣いに、背筋が震えた。視線と視線が淫らがましい火花を散らした。

佐緒里は唇で根元をぴっちりと締めあげると、そのままゆっくりと顔を前後にスライドさせはじめた。自ら〝上手い〟と断言するだけあって、佐緒里のフェラチオは巧みだった。生まれて初めてされるのだから比べる対象などないのだが、そうとしか思えなかった。

「ぅんんっ！　はぁんんっ！」

唇を二度、三度とスライドさせるうちに口内にたっぷりと唾液を溜め、それを啜《すす》りあげるようにしゃぶってきた。じゅるっ、じゅるるるっ、と鳴り響く肉擦れ音がこの世のものとは思えぬほど卑猥だった。唾液を媒介にして口内粘膜が複雑なヴァイブレーションを生じさせ、肉茎全体を痺れさせた。しかもそのうえ、狭い口内で器用に舌を使って、裏筋やカリ首をねちっこくさすりあげてくるのだ。

（こ、こんな……こんなの、とても一分も我慢できないよ……）

佐緒里の紅唇から出し入れされるたびに、肉茎は甘い唾液で濡れ光り、みなぎりをいや増していく。発作の前触れである小刻みな痙攣を繰りかえし、おびただしい量の我慢汁を美女の口内に漏らしてしまう。

「ぐっ……ぐっ……」

篤史は顎が砕けるほど奥歯を嚙みしめ、尻肉をしたたかにつねった。片方ではとても足りず、両尻の肉をちぎれるほどにひねりあげた。

そんな涙ぐましい瘦せ我慢をあざ笑うように、佐緒里はスライドのピッチをあげていく。細い指先で根元をしごいたり、玉袋をあやしたりしながら、双頰を目いっぱいすぼめて肉茎を吸いたてる。

「ううっ、もうダメですっ……」

篤史はとうとう降参の声をあげた。

「もう出るっ！　出ちゃうっ！」

天を仰いで絶叫した。煮えたぎる欲望のエキスを、佐緒里の喉奥めがけて噴射した。

「ぅんんんーっ！」

その瞬間、佐緒里は思いきり鈴口を吸いあげてきた。噴射したはずの白濁が、その倍の勢いで吸引され、尿道が火傷《やけど》するほど熱化する。痛いくらいの快美感に篤史は身をよじり抜く。

「うおっ……うおおおっ……」

ガクガクと両膝を震わせながら射精を続けた。

それはいままでオナニーで味わってきた射精とは似て非なるものだった。肉茎だけではなく、手足の先まで恍惚が届き、全身が感電したように痺れきっていく。

「ぅんんっ！　ぅんんんっ！」

断続的に訪れる射精のたびに、佐緒里はストローを吸うように鈴口を吸いたて、男の精を嚥下《えんか》した。玉袋の精をすべて吸いつくそうとしているかのようなその攻撃に、篤史は気を失いそうになった。ぎゅっと目を閉じると、目尻から一筋の涙が流れ落ちた。

第二章　麗《うるわ》しのエレベーターガール

1

数日が経っても、佐緒里に口内射精を果たした興奮は冷めやらなかった。

紳士服売り場で佐緒里を見かけるたびに、篤史は恥ずかしさに赤面し、そのくせ上目遣いでワインレッドの制服を追っては、鼓動を乱していた。頭のなかは佐緒里と、彼女の舌と唇の感触に支配しつくされていた。

そんな態度を見かねた佐緒里は、篤史を物陰に引っぱっていき、

「きみ、ちょっと露骨に意識しすぎ。そうやってわたしばっかり見てると、まわりに変だと思われるじゃない」

冷たい声で諭《さと》された。

「約束、忘れちゃった？」

「す、すいません……」

篤史は肩を落として項垂《うなだ》れた。そうなのだ。佐緒里の口内にたっぷりと射精したあと、オナニーを目撃したことも、フェラチオをしてもらったことも、すべて忘れると約束させられたのだ。

「な、なるべく見ないように気をつけますから、許してください」

篤史があまりにもしゅんとして見せたので、佐緒里は苦笑し、

「まあ、気が向いたらまたしてあげてもいいからさ。注意してよね」

耳もとでささやくと、長いコンパスを交錯させて去っていった。

（き、気が向いたら……またしてあげてもいい……）

篤史は佐緒里の最後の言葉を胸底で何度も反芻《はんすう》した。ワインレッドの制服に追いすがり、いつ気が向いてくれるのか問い質《ただ》したかった。明日なのか、明後日なのか、それとも一週間後なのか。

もちろん、それが本気の発言でないことくらい、よくわかっていた。

半分は慰めで、半分はからかっているのだろう。わかっていても、期待は高ま

った。どんな気まぐれでもいいし、どれだけ待たされてもかまわないから、再びあの目も眩むような恍惚を味わわせてほしい。

いや――。

篤史はその実、もっと図々しいことまで夢想しはじめていたのだった。休憩時間にオナニーするくらいなのだから、佐緒里はきっと、欲求不満なのだフェラチオだけではなく、さらに進んだことまでさせてくれるのではないだろうか。二十二年間付き合ってきた童貞を、捨てさせてくれるのではないだろうか。口内射精でも失神しそうなほど気持ちよかったのだ。女体を抱きしめながら、女陰のなかで果たす射精は、いったいどれほどの快感なのだろう。

「おい。こんなところでなにやってるんだ」

バックステージでぼんやり立ちつくしていると、同期の佐々木《ささき》に背中を叩かれた。

「おまえ、最近ちょっとおかしいぞ。ぼうっとばかりして、好きな女でもできたのかよ?」

「そ、そんなことないよ……」

図星を突かれて、篤史の頬はひきつった。

「ちょっと疲れてるだけなんだ」

「ならいいけどね。で、悪いけど、七番のシフト交代してくれないかな？」

〝七番〟というのはZデパートで使われている隠語で、食事休憩を意味する。

「ああ、べつにいいよ」

篤史は気を取り直して答えた。佐々木は仲間と外に食事に行きたがるので、前にも頼まれたことがある。

「それじゃあ、すぐ入ってくれよ。二時までな」

「うん」

ぼんやりしたままロッカーに行って朝買ってきたパンを取り、がらんとした休憩所のベンチで食べた。佐緒里のことで頭がいっぱいで、あんパンもカレーパンも同じ味がした。

食べ終わっても、なんだか腰が重かった。昨日もおとといもいつものようにデパート内を徘徊したのだが、感動的なフェラチオ体験のせいで、憧れのデパートガールの姿を見ても、前ほど心が躍らなくなってしまったのだ。

とはいえ、佐緒里が〝彼女候補リスト〟の上位にランクアップしたということはない。〝筆おろし〟に協力してもらいたいという下心はあるものの、哀しいかな、五つも年上で、あんなふうに奔放な美女と恋愛などできるわけがない。

（まあ、いいや。ここにいてもしようがないし、とりあえず可菜子さんと彩香さんを見にいこう……）

冴えない気分のまま階下に降りていった。しかし、一階の総合受付カウンターに可菜子の姿はなかった。佐々木と休憩時間を交代したせいで、すれ違ってしまったらしい。

苦虫を噛んだような顔でエレベーターホールへ向かった。このうえ彩香の姿まで拝めなかったら、二度と休憩時間を代わってやるのはやめようと思った。

胸のネームプレートをはずし、エレベーターの昇降を示すランプを固唾《かたず》を呑んで見守った。

「お待たせしました。上へまいります」

まばゆい白手袋を天井に向け、美声を響かせたのは、彩香だった。栗色の髪に黄色い帽子を被り、肉感的なボディを黄色いタイトスーツで包んだ麗しのエレベーターガール。

篤史は安堵の胸を撫でおろし、いそいそとゴンドラに乗りこんだ。

今日は土曜日なのでいつもより混雑していた。

「恐れ入ります、一歩ずつなかほどに送り合わせくださいませ」

彩香が言い、ゴンドラはあっという間にぎゅうぎゅう詰めになる。意図したわけではないのに、人波に押された篤史は、彩香のすぐ後ろにまで来てしまった。

扉が閉まり、彩香が案内のアナウンスを開始する。

「ほ、本日は……Zデパート銀座店にご来店いただき……ま、まことにありがとうございます……」

なんだか様子がおかしかった。ハープを奏でるような美声が低く曇り、台詞を何度も嚙んでいる。こんなことはいままで一度もなかったことだ。

横顔をのぞきこむと、ふっくらした頰がほのかなピンク色に染まっていた。眉根を寄せ、なんだか呼吸も苦しそうだ。体調でも悪いのだろうか。

「に、二階……紳士服のフロアは通過いたします。三階は……ふ、婦人服、婦人用品……」

声が震えだし、身をよじりだした。たどたどしくフロア案内を続けながら、なにかを払うようにむっちりしたボディを揺さぶっている。

（ああっ！）

篤史は目を見開いた。

痴漢だった。

彩香の真後ろ、篤史の隣にいる中年男が、黄色いタイトスカートを触っていた。あきらかに偶然ではない。悩ましく盛りあがったヒップを包みこむように手のひらが吸いつき、芋虫のように野太い指を卑猥にうごめかせている。触手がまわりに見つからないように、腹に大きな紙袋を抱えてカモフラージュまでしている。

（な、なんてことを……彩香さんになんてことするんだ……）

篤史は胸を引き裂かれそうになった。男を殴り飛ばしてやりたかったが、曲がりなりにも相手はお客さまだ。騒ぎになってしまうのは避けたいし、騒げば篤史自身にも火の粉がかかる恐れがある。お客さま用エレベーターに乗っていたことが上司にバレてしまう。

（ど、どうしよう……どうすればいい……）

考えているうちも、男の手指の動きはどんどん大胆になっていった。丸みを帯びたヒップのカーブをなぞるようにして、尻肉全体を撫でまわしはじめた。彩香は貝のように美しい耳殻まで真っ赤に染めて、案内の声をさらにひきつらせる。

もう迷っている暇はなかった。

「……や、やめろよ」

蚊の鳴くような声で言った。無視されたので、もう一度言った。

「やめろってば」

「ああーん？」

男がジロリと睨んできた。薄いサングラスをかけた人相の悪い顔に、篤史は震えあがった。

「なにをやめるんだよ、兄ちゃん」

ドスを効かせて言いながらも、男はしつこく彩香のヒップを撫でさすっている。やくざなのか犯罪常習者なのか、目つきが尋常でなく恐ろしい。

「……さ、触るな」

歯を食いしばって言った。

「なんだって？」

人を小馬鹿にしたような薄笑いが返ってくる。芋虫の指が彩香の尻肉に食いこむ。

「触るなって言ってるんだ……エレベーターのお姉さんに触るなあっ！」

篤史は絶叫し、気がつけば男の顔面に痛烈な右ストレートを叩きこんでいた。自分でも驚いた。そもそも篤史は喧嘩沙汰が滅法苦手なのだ。

ゴンドラ中に悲鳴が轟《とどろ》いた。ほぼ同時に扉が開き、乗客たちが雪崩《なだれ》を打ってフロアに飛びだしていく。

「この痴漢野郎……」

篤史は自ら振るった暴力に興奮し、鬼の形相で迫った。反対に男は、篤史の剣幕にすくみあがってしまっている。

「来い！　警察に突きだしてやる！」

胸ぐらをつかんでエレベーターからひきずりだした。

「ま、待ってくれ、おれはべつに痴漢なんかじゃ……」

「嘘つけ！」

もう一発ぶん殴ろうと振りかぶった腕を、後ろからつかまれた。

彩香だった。黄色い制服が目にしみた。

「もういいよ」

大きな瞳を潤ませて首を振る。

「もういいから」

「いや、でも……」

躊躇している隙に、男は篤史の手を振り払った。ゴンドラの床に飛んだサングラスを拾うのも忘れて、一目散に逃げていった。

2

十分後、篤史は彩香とともに地下へ向から従業員用の階段を降りていた。すぐに休憩時間になるから、ちょっと付き合ってほしいと彩香に頼まれたのだ。

「あなた、よくわたしのエレベーターに乗りにきてるけど……」

彩香は覚束《おぼつか》ない足取りで階段を降りながら言った。

「本当は社員でしょう？　紳士服売り場で見たことあるもん」

「あ、いや……」

篤史は答えにつまった。やはりネームプレートをはずしたくらいでは誤魔化しきれなかったらしい。

「す、すいません。今年入ったばかりの新人で、守矢篤史といいます」

腰を折って頭をさげた。

「なんで乗りにくるの？」

「いや、あの……勉強の一環と言いますか……お客さまの視点でデパートのなかを見たくて……社則で禁止されてるのは知ってるんですけど……」

彩香が好きだからと伝えるチャンスだとは思ったけれど、タイミングが悪かった。せっかく格好よく痴漢を退治したばかりなのに、その正体がストーカーだったと思われては意味がない。

「ふうん」

彩香は篤史の話をつまらなそうに受け流すと、

「ねえ、つかまっていい？」

「はい？」

「なんだかふらふらするの」

顔色を曇らせてつぶやくと、篤史の腕にしがみついてきた。痴漢されたショックからまだ立ち直れていないようだった。豊満な乳肉が肘にあたり、篤史の鼓動は乱れる。

「ど、どこに行くんですか？」

「そっち」

うながされるままに進んだ。地下三階、篤史が毎日ストック整理で汗を流している倉庫のさらに奥へと、薄暗い廊下を進んでいく。

突きあたりにプレハブ小屋がひっそりと建っていた。毎日来ている場所なのに、篤史はこんなところにプレハブ小屋があったことを初めて知った。

彩香が扉を開け、蛍光灯をつける。なかは十畳ほどの畳敷きになっていた。

「ここね、色つき制服組の秘密の隠れ家なんだよ」

彩香はにっこり笑ってパンプスを脱ぐと、「ふうっ」という溜め息とともに畳に座りこんだ。白い手袋に飾られた両手で、パタパタと胸もとを扇ぐ。

「ほかにもいくつかあるんだけど、ここはいちばん人気がないから、ひとりになりたいときよく来るの」

〝色つき制服組〟というのは、エレベーターガールや案内嬢など、華やかな色合いの制服を着ている女子従業員のことだ。事務服のような地味な制服を着ている一般販売員より、キャリアがあって、立場も強い。

篤史はプレハブ小屋の入口に立ちつくしたまま、両手で胸もとを扇いでいる彩香の様子を眺めていた。制服姿のエレベーターガールが無防備に休憩している姿は、ひどく煽情的だった。パンプスを脱いで露《あらわ》になった、ストッキングの爪先が艶めかしい。肘にはまだ豊満な乳肉の感触が生々しく残っていて、うっかりすると勃起してしまいそうだ。

「ありがとうね」

少し顔色を取り戻した彩香は、恥ずかしそうな上目遣いで篤史を見た。

「さっきの男、二十分も前からずっとゴンドラに乗りっぱなしだったの」

「マ、マジすか？」

「そうよ。お尻だけじゃなくて、身体中撫でまわされてたんだから」

「ゆ、許せないですね……」

いったん治まっていた憤怒《ふんぬ》が、再び頭をもたげてくる。

「ホント、許せない」

彩香は噛みしめるようにうなずくと、急にふっと笑って、

「ねえ、なんでそんなところに突っ立ってるの？　なかに入って座れば」

目の前の畳をポンポンと叩いた。息を呑むほど可愛らしい、笑顔と仕草のハーモニーだ。

引き寄せられるように、篤史は靴を脱いで畳にあがった。畳は清潔だったけれど、座布団ひとつないがらんとした部屋だった。どの位置に座ろうか一瞬悩ん

だ。憧れの美女と正面から向かい合うのは恥ずかしいし、肩を並べるのは図々しいだろう。遠慮がちに斜め前に正座する。

すると彩香は、しなをつくるような横座りになって、ささやくように言った。

「あのね……あの男がどんなふうに痴漢してきたか、聞いてくれる？」

「えっ？」

きわどい問いかけに、篤史の心臓は跳ねあがった。しかし、彩香の顔はきわめて真剣だった。からかっているわけではないらしい。

「ねえ、お願い。そういうこと、自分の胸だけにしまっておくの、いやだから」

女性心理に疎《うと》い篤史であるが、言わんとするところはなんとなく理解できた。

つまり、彩香は我が身に受けた悲惨な体験を誰かに話してしまうことで、トラウマから解放されたいと思っているのだろう。だが、なにしろ痴漢体験だから、友達や両親には話せない。その点、目撃者であり救出者である篤史なら、聞き役として適任ということになる。

なるほど。こんな人気のない場所に連れてこられた理由が、ようやく腑《ふ》に落ちた。彩香がそのつもりなら、いやらしい気持ちなど抜きにして、真摯《しんし》に聞き役に徹するべきだろう。

「わかりました。ぼくでよかったら、話を聞かせてください」

「ありがとう……」

彩香は凛々《りり》しい眉を恥ずかしげに寄せると、白手袋に飾られた人差し指を立てた。

「まずね、ここを触られたの」

むっちりと張りつめた黄色いタイトミニの後ろ側を指す。

「最初は偶然かと思ったんだけど、手の甲じゃなくて手のひらだし、いやらしく撫でまわしてくるし」

ヒップのいちばん丸みを帯びたところを、なぞるように指を動かす。

「それからここ」

蜂のようにくびれた腰に、指が移動した。

「ここも。横に来てわざとらしく肘で突かれた」

砲弾状に迫りだした乳房の側面に、指先がむにゅっと沈みこむ。

「それから、ここには生臭い息をかけられた」

栗色の長い髪を両手で掻きあげてうなじを見せた。

「ちょっと舐められたかもしれないし。ぶつかったふりして」

「と、とんでもないやつですね」

篤史は手に汗を握った。二十分も前からそんな卑劣な犯罪行為を繰りかえしていたとは、やはりもう二、三発パンチをお見舞いして、警察に突きだしてやるべきだった。

「それだけじゃないよ」

彩香の顔が次第に怒りで紅潮してくる。

「スカートのなかまで触られたんだから」

「ま、まさか……」

デパートのエレベーターでそこまでするとは、なんて大胆な男なのだ。

「本当だよ」

彩香は双頬を膨らませると、言葉で説明するのがもどかしいとばかりに立ちあがった。篤史も立ちあがらせ、エレベーターガールと痴漢の立ち位置を再現しようとする。うながされるままに身を寄せると、フェルト帽の下の栗色の髪から甘やかなフレグランスが漂ってきた。

「わたしがこうやってゴンドラを動かしてるでしょ。あの男、身体ごとわたしの背中にくっついてきて、こんな感じで……」

彩香は篤史の手をつかむと、躊躇《ためら》うことなくヒップに導いた。豊かに張りつめた肉丘に手のひらをぴったりとくっつけられ、篤史の息はとまった。

（な、なんてことするんだ、彩香さん……）

啞然としつつも、手を離すことはできなかった。彩香が手首をつかんでしっかり押さえつけていたし、丸みを帯びた肉丘のカーブが、想像をはるかに超えて素晴らしい感触だったからである。

「ね、こうやってお尻をつかんで、撫でまわしてるでしょ」

彩香は怒りに尖った声で言いながら、篤史の手首を上下に動かす。手のひらが必然的に、ヒップの丸みを撫でまわしてしまう。

（こ、これは……これは彩香さんのトラウマを解放するためにやっているんだ。いやらしいふうに考えちゃいけないんだ……）

必死で自分に言い聞かせた。それでも手のひらに全神経が集中し、張りのある尻肉の感触を味わってしまう。ゴム鞠のように弾力のあるたまらない触り心地が、瞬く間に勃起をうながしてくる。

「それでね……そうやって触りながら、スカートのなかに手を入れてきたの」

彩香が篤史の手を移動させ、黄色いタイトミニのなかに導いた。

（う、うわっ！）

指先が内腿のストッキングに触れた。滑らかなナイロン皮膜に包まれた柔らかな肉の感触が、スカート越しより何百倍も生々しく伝わってきた。

（ダ、ダメだ……こんなことしてたら、頭がおかしくなっちゃうよ……）

理性が音をたてて崩れていくのが、はっきりとわかった。心臓が破裂しそうなほど早鐘を打っていた。目の前にある黄色い制服を抱きしめ、スカートのなかを好き放題にまさぐりたくて仕方がなくなってくる。

「あいつ……手を入れてきただけじゃなくて、そこをいやらしく揉んできたんだから」

彩香の言葉が、篤史の理性を完全に崩壊させた。

「……こ、こんなふうにですか？」

気がつけばとんでもない台詞を口にし、ストッキングに包まれた太腿に指を食いこませていた。搗《つ》きたての餅のような感触が、理性を失った篤史の頭に欲情の炎を放った。

やわやわと揉んだ。幸いなことに、彩香はいやがらなかった。

「そ、そう……そんなふうに……」

熱っぽく昂ぶった声で言い、

「そんなふうに揉みながら、もっと奥まで触ってきたの」

さらに誘うような台詞を口にする。

「も、もっと奥まで?」

疑問形で訊ねながらも、篤史の指先はすでに動きだしていた。滑らかなナイロン生地を這って、触手が太腿の付け根に向かう。指先に伝わる肉の感触が、どんどん柔らかくなっていく。

痴漢と違ってまわりの目を気にする必要がないから、黄色いタイトミニがめくれかえり、パンティストッキングに包まれた丸いヒップが顔をのぞかせていた。ナチュラルカラーのナイロン越しに、純白のパンティまでが透けて見える。

まずいと思った。いくら彩香のトラウマを解放するためとはいえ、この先はもう太腿ではなく、股間だ。女のいちばん大事な部分だ。

だが、触りたかった。

すでに理性が崩壊していた篤史は、普段なら考えられない大胆さで、手指を動かした。指先が太腿の付け根に辿りついた瞬間、手のひらを上向かせ、中指で下着の船底部分をとらえた。

「そ、そこ！」

彩香が叫び、篤史の手首をつかみなおす。

「そこを触られたの。指でぐりぐりされたの」

「ゆ、指でぐりぐり……」

篤史はほとんど馬鹿のように同じ言葉を反芻し、指先を動かした。尻肉や太腿とはまったく違う感触がした。たしかにそこには、割れ目があり、穴の入口があるのだと思わせる、卑猥なまでに柔らかい窄《すぼ》まりが感じとれた。

もうなにも考えられなかった。

篤史は夢中で指を動かした。ヒップのほうから触るだけでは飽きたらず、前からタイトミニをまくりあげ、股間に手指をぴったりと密着させた。左腕では、いつの間にか黄色い制服を抱きしめてしまっていた。

3

（こ、ここが……彩香さんのいちばん感じるところなんだ……）

篤史は歓喜にむせび泣きそうだった。

なにしろ、生まれて初めて触る女の股間なのだ。男とはまったく違う、こんもりした恥丘のカーブ。まるで神様がシェイプしたような優美な盛りあがり方に、感動さえしてしまう。

恥丘全体を手のひらで包みこむようにしてやわやわと揉み、中指で縦に割れた窪みをさすりあげた。何度となく繰りかえしていると、そのうち窪みの柔らかい肉が下着の奥で熱く息づきはじめた。すべすべしたストッキングのナイロン生地に、じわっとなにかが染みてきた。

（ぬ、濡れてきた……彩香さん、感じてるんだ……）

童貞の篤史とはいえ、さすがにそれくらいはわかった。すぐ側にある彩香の顔を見れば、黄色いフェルト帽の下で可憐な美貌が艶めかしいピンク色に染まりきっている。先ほどまで饒舌《じょうぜつ》だった唇は、半開きになって乱れた吐息をもらすばかりだ。

うっとりするほど妖艶だった。天使のように可愛い顔をしたエレベーターガールが悶える様子は、いままで見たどんなAVよりいやらしかった。

「はぁあああっ！」

突然、彩香が甲高い悲鳴をあげてのけぞった。割れ目の上端をいささか強く擦りすぎてしまったらしい。

その悲鳴で、篤史は我に返った。黄色い制服から飛びのくようにして離れ、その場に土下座した。

「す、すいませんでした！」

畳に額を擦りつけて叫ぶ。

「こんなことまでするつもりはなかったんです。許してください！」

身の底から罪悪感がこみあげてきた。彩香は普通の状態ではないのだ。まだ痴漢をされたショックから立ち直っていないのに、その隙に乗じ、ふしだらな行為を迫ってしまった自分の卑劣さがいやになってくる。

「……いいよ、べつに」

彩香もバツ悪げに言うと、畳にぺったりと尻餅をついた。呼吸が乱れていた。上気した美貌の目もとがひときわ赤く紅潮していて、たとえようもなく淫らな感じがする。

「……でも、濡れちゃった」

ポツリと言った。

「ごめんなさい！」

篤史はもう一度畳に額を擦りつける。

「謝《あやま》んなくていいから、責任取ってよ」

「せ、責任って……」

顔をあげると、彩香は恥ずかしげに目をそむけ、もじもじと身体を揺すった。

「責任は責任よ、男のくせにわからないの？」

篤史は焦った。彩香はまさか、続きがしたいと言っているのだろうか。もっとふしだらなことをしたいと誘っているのか。

（な、なにを考えてるんだ。そんなの、男の勝手な希望的観測だよ……）

真意をうかがうように彩香を見た。Ｚデパートのナンバーワン・エレベーターガールは、羞じらいと苛立ちがないまぜになった顔で唇を噛み、恨みがましい目で見つめかえしてくる。

と、意を決するように立ちあがり、土下座している篤史の前に迫った。

「脱がせて」

「あ、いや……」

「濡れた下着、乾かさなきゃいけないから」

「し、下着を乾かすんですね？」

本気でそんなことをしたいとはとても思えなかったけれど、篤史は調子を合わせた。やはり、信じがたい幸運が我が身に迫っているらしい。

彩香が後ろを向く。黄色いタイトミニを張りつめさせている、丸々とした二つの肉丘が目の前に迫った。彩香は黙ってジャケットの裾をたくしあげた。どうやら、ファスナーをおろせということらしい。

篤史はおずおずと両手を伸ばしていった。震える指でホックをはずし、ファスナーをさげおろした。

彩香が左右にヒップを振る。

そのはずみで、黄色いタイトミニが畳に落ちた。エレベーターガールの制服からスカートだけを取った、垂涎《すいぜん》の光景が目の前に現れる。

ぷりんとした肉の隆起が、ナチュラルカラーのストッキングと、白いパンティに包まれていた。佐緒里の下半身も同じような状態で見たけれど、彩香のほうがずっとたっぷりしたお尻をしていて、太腿も圧倒的に逞しい。

彩香が再び前を向く。

さらに垂涎の光景が目の前にひろがった。パンティストッキングのセンターシームが、豊満な下肢をまっぷたつに割っている。下に透けた純白のパンティは、フロント部分に銀色の花の刺繍《ししゅう》がほどこされていて、それがこんもりした恥丘をぴったりと包みこんでいる。

「ほら、早く全部脱がしてよ」

パンストの光沢に包まれた豊かな下肢が淫らにくねる。見上げれば、彩香の表情は一変していた。重たそうに半分おろされた瞼《まぶた》と、トロンとした黒い瞳。どんなに鈍い男でもひと目でわかるほど、露骨に欲情していた。

（ま、まいっちゃったな……ぼくが調子に乗ってあそこをまさぐりすぎたから、正気を失っちゃったんだ……）

しかし、だからといって、目を醒ましてくださいなどと言う気にもなれない。なにしろ相手は、憧れ抜いたナンバーワン・エレベーターガールなのだ。できることならもう少しだけ正気に戻らないでほしいと祈りながら、篤史はパンティストッキングのウエストを両手でつまみ、慎重に脱がしはじめた。

ナイロン皮膜を股間から剝がした瞬間、むうっと獣じみた匂いが漂ってきた。栗色の髪から漂ってきたフレグランスとはまったく違う。動物なら何キロも先から牡を誘ってしまうという、女体からしか発生しないフェロモンだ。甘く発酵したその匂いを嗅いでいると、麻薬でも嗅いだように、自分の目つきもトロンとしていくのがわかった。

篤史はパンティストッキングをすっかり脱がすと、それを乾かすという名目に従い、いちおう畳の上にひろげた。股間にはたしかに、五百円玉くらいの大きさの染みができていた。

向き直れば、黄色いフェルト帽に黄色いジャケット、下半身には純白のハイレグパンティをぴっちりと食いこませた、とびきりのエレベーターガールが立っていた。よく見れば、銀色の花の刺繍をあしらったパンティのフロント部分に、黒い茂みが薄っすらと透けている。

篤史は呼吸を乱しながら白いパンティの両脇に手をかけ、

「こ、これも脱がしていいんですね？」

上擦った声で訊ねた。

彩香がコクリと顎を引く。

篤史は恥ずかしいほど鼻息を荒げて、パンティを脱がしていった。牝のフェロモンがひときわ濃密に漂ってきて、眩暈《めまい》がするほど興奮してしまう。

小判形の草むらが目を射った。当たり前だが、栗色ではなく健康的なまでに黒々とした恥毛だった。縮れが少なく、一本一本に腰があって艶もある。

「……き、綺麗だ」

篤史は深い溜め息とともにつぶやいた。染みの浮かんだパンティを彩香の脚から抜きつつも、股間を飾る黒い繁みから目が離せない。

「本当?」

彩香が妖しく笑いかけてくる。

「本当に綺麗だと思う?」

「は、はい」

篤史は感涙に目を潤ませてうなずく。

「すごく綺麗なヘアだし、ヌードです」

ミルク色に輝く素肌が、蛍光灯を反射してまぶしかった。恥毛の濃さが、素肌の白さを余計に際立たせるのだ。

「ふふっ。わたし、自分でもここの毛の生え方は、けっこう気に入ってるんだよね」

言いながらも、篤史の射るような視線が恥ずかしくなったのか、彩香は急に両膝を揃えてしゃがみこんだ。折った身体に草むらを隠し、体育座りのような体勢になった。

篤史が残念そうに顔をしかめると、

「もっと見たい？」

首をすくめ、上目遣いで訊ねてくる。

「み、見たいです！」

篤史は自分でも驚くくらい大声で答えていた。きっと目も血走っていたことだろう。童貞丸出しで情けなかったけれど、哀願をやめることはできなかった。

「お願いします。もっと……もっとよく見せてください」

「……いいよ」

彩香は悪戯っぽく笑い、自分で脚をひろげてというように、両膝を抱えていた腕を背中にまわした。

4

ストッキングから解放された彩香の足指は、十本すべてにローズピンクのペディキュアが塗られていた。それを眺めているだけで、篤史の口内には大量の唾液が溢れてくる。震える手指で、可愛らしく並んだ二つの膝小僧をつかむ。

（ほ、本当にいいんだろうか……）

彩香の顔をのぞきこんだ。しかし、彼女はもう、なにも答えてくれない。麗しいエレベーターガールは言葉を忘れたような顔つきで、ただ妖艶に微笑んでいるばかりだ。

覚悟を決め、両膝を割りひろげていった。

むっちりした白い太腿が左右に分かれ、その間から健康的な黒いヘアが恥ずかしげに顔をのぞかせる。さらに両膝をひろげた。ぱっくりと開いた太腿の間で、あでやかな女の花が咲き誇った。

篤史は目を見開いて凝視した。

小判形の草むらの下に、淫靡なくすみ色をした肉饅頭《にくまんじゆう》が見えた。こんもりと盛りあがった真ん中が縦ひと筋に割れ、アーモンドピンクの花びらがあけびのように口をひろげていた。

先ほど下着越しにしつこく愛撫したからだろう。花びらの内側は濃紅色に充血しており、ピンク色とオレンジ色を混ぜ合わせたような珊瑚《さんご》色の粘膜に向かって、色鮮やかなグラデーションを描いていた。

貝肉を思わせる質感をした粘膜は、幾重にも折り重なり、ひしめきあっていた。ペニスを受けいれるべきところなのだから、もっとしっかり〝穴〟が開いているかと思っていたのに、正直どこに挿《い》れるのかもよくわからない、びっしりとつまった肉の層だった。

（こ、こんなに狭いところに、挿《はい》るんだろうか……でも、挿れたらすごい気持ちいいんだろうな……）

疑問と興奮に身を震わせながら、篤史は女陰をさらに間近で見るために腹這いになった。

先ほどから気になっていた牝のフェロモンが、さらに痛烈に鼻腔をくすぐる。ねっとりと濃密で、湿り気のあるその匂いは、けっして香水のように爽やかではない。むしろブルーチーズを彷彿《ほうふつ》とさせる異臭だけれど、嗅げば嗅ぐほど本能を揺さぶられる気がした。人間の男ではなく、獣の牡に戻ることを強制されるような匂いだ。

「……な、舐めてもいいですか？」

珊瑚色の粘膜を凝視し、鼻を鳴らしてフェロモンを嗅ぎながら訊ねた。

彩香は顔をそむけて答えない。しかし、彼女のフェロモンがＯＫだと言っていた。舐めてほしいと誘っていた。

篤史はおずおずと舌を差しだしていった。

珊瑚色に輝く粘膜をそっと舐めあげた。

「ああんっ！」

悩ましい声があがり、白い太腿がぐっとひきつる。

股間越しに美貌をのぞけば、黄色いフェルト帽の下で、太めの眉がせつなげに寄せられていた。深々と刻まれた眉間の縦皺から、むせるような喜悦の感情が伝わってきた。脳味噌がとろけそうなほど興奮を誘う表情だ。

さらに舐めた。

女性器は敏感すぎるほど敏感らしいので、じっくりと、丁寧に舐めた。やがて、ひしめく肉層から匂いたつ分泌液が滲みだし、珊瑚色の粘膜がつやつやと光りだした。

彩香が漏らした愛液は、ヨーグルトのような甘酸っぱい味がした。篤史は取り憑《つ》かれたように舐めた。貝肉質の肉ひだに舌腹を擦りつけるようにして舐め、花びらの内側をなぞるように舌を這わせた。

「ああんっ……はぁああんっ……」

彩香は熱っぽい吐息をしきりに振りまき、のけぞった拍子に後ろに倒れた。

篤史は追いかけ、股間をさらに割り裂いて、M字開脚に固定した。エレベーターガールの制服制帽姿だけに、息を呑むほどいやらしい光景が出現する。

女の花に舌を戻した。穴の存在を確認しようと、舌を突き立て、肉層をほじった。彩香があえぐ。熱い花蜜がしとどに漏れだし、口のまわりにべっとりとまとわりついてくる。

（んっ……）

じゅるじゅると音をたてて花蜜を啜り、ヒクつく粘膜をしつこく舐めまわしていると、舌先で突起を感じた。

目を凝らし、蝶のように折り重なっている花びらの上端を見た。半透明のピンク色をした、真珠のように丸い肉を確認できた。カヴァー状の包皮を剝ききって、恥ずかしげにぷるぷると震えている。

（こ、これがクリトリスだな……）

女の急所を発見できたうれしさに、篤史の身体は燃えるように熱くなっていった。舌先を筒状に尖らせて、ちょんと突くと、

「ああああーんっ！」

彩香は背中をのけぞらせ、中空に浮いた足指をきつく折り曲げた。

篤史はピンク色の真珠肉を転がすように、ねちっこく舌を使った。彩香は激しくあえぎ、制服が皺になるほど身をよじって、篤史の頭をつかんでくる。こらえきれないといった風情で、髪の毛をぐちゃぐちゃに掻き乱す。

「き、気持ちいいですか？」

思わず聞いてしまった。

「あんっ……いいよっ……とってもいいっ！」

彩香があえぎながら答える。

舌で転がすほどにクリトリスは硬く尖りきっていったし、肉層からはとめどもなく花蜜が漏れてくるからある程度は予想していたが、言葉で肯定されると感激もひとしおだ。

（こ、この調子なら……頼めば最後までやらせてくれるんじゃないか……）

不埒《ふらち》な想いが脳裏をかすめ、篤史はぞくっと背筋を震わせた。

ついに念願の童貞喪失を迎えることができるかもしれない。

しかも相手は、憧れのナンバーワン・エレベーターガール。そのうえ制服制帽姿という、これ以上ない最高のシチュエーションである。

心臓が破裂しそうなほど高鳴り、痛いくらいに勃起した肉茎から大量の先走り液が噴きこぼれた。もうブリーフの前面がヌルヌルして気持ち悪いほどだ。

（いや、待て……）

篤史は逸《はや》る気持ちを必死で抑えた。

それを頼むのはまだ早いかもしれないし、おかしなタイミングで切りだせば、断られる可能性だってあるだろう。頼むなら、もっと彼女をその気にさせる必要があるのではないか。もっと感じさせれば、彩香のほうから結合を望んでくるかもしれない。

「あ、彩香さん……」

篤史は花蜜のしたたる股間から顔を離し、彩香の身体にぴったりと寄りそった。ピンク色に紅潮した可憐な美貌が間近に迫る。暖房のない室内は寒いくらいなのに、じっとりと汗をかいている。

「ずいぶん暑そうですね。前、開《はだ》けたほうがいいんじゃないですか？」

「えっ……」

彩香が戸惑っている隙に、篤史は黄色いジャケットの前ボタンをすべてはずした。下は白いブラウスだ。そのボタンもすっかりはずすと、パンティと揃いの、銀色の刺繍が施された白いブラジャーが姿を見せた。

びっくりするほど大きなブラジャーだった。カップに寄せてあげられた双乳は、胸もとに目も眩むほど深い谷間をつくっており、篤史を悩殺する。よほど体温があがっているのか、谷間にもびっしりと汗の粒が浮かんでいて、それがまたひどく艶めかしい。

童貞の弱点はブラを手際よくはずせないことだと雑誌かなにかで読んだことがあったので、篤史はホックをはずすのを回避し、カップを上にずりあげようとした。しかし、肉丘が大きすぎてうまくいかず、ブラの生地が乳肉に食いこむばかりだ。

「やだ……乱暴にしたら壊れちゃうよ」

見かねた彩香が、背中のホックを自分ではずしてくれた。まるで豊満なバストを誇示するように、カップもめくりあげた。

胸もとではずみあがった白い肉の果実は、制服の上から想像していたよりはるかに大きく、丸々と膨らみきっていた。そもそもあお向けで寝ているのに、形崩れするどころか大胆に盛りあがって張りつめている。裾野は呆れるほど広いのに、綺麗な桜色の乳首は小さくて、ついている位置も高いから、巨乳にもかかわらずとても美しいおっぱいだ。

すかさず両手で鷲《わし》づかんだ。

「あんっ！」

彩香が可愛らしくあえぐ。

汗ばんだ乳房の肌がしっとりと手のひらに吸いついてきて、篤史は誘われるように指先を乳肉に食いこませた。見かけ倒しではなく、なかにもみっちり肉がつまっているようで、ゴム鞠《まり》のような弾力が返ってくる。

「あんっ……ああんっ！」

黄色いフェルト帽を被った頭を悩ましく左右に振る彩香を眺めながら、ぐいぐいと揉みこんだ。舌を伸ばし、裾野を流れる汗を拭った。うっかり谷間に顔を沈めこんでしまえば、窒息してしまうかもしれないと思わせるほど、途轍《とてつ》もなく大きな巨乳だ。

チュッと音をたてて乳首に吸いついた。

「はぁあああんっ！」

彩香が声をあげてのけぞる。篤史は唇を尖らせて突起を吸いたて、口のなかでみるみる硬くなっていく乳頭を、舌先で転がしはじめた。

5

（ああっ、すごい……なんて素敵なボディなんだ……）

とっくに休憩時間が過ぎていることも気づかぬまま、篤史は彩香の身体を無我夢中でまさぐりつづけた。

粘土をこねるように乳肉を揉み、桜色の乳首を舌でねぶる。そうしつつ、たっぷりとクンニして濡らした股間にも、忘れずに刺激を送りこんでやる。花蜜を浴びてヌメりきった花びらをいじり、クリトリスをねちっこく指で転がす。

「はぁあああっ……はぁああんっ……」

抱きしめた腕のなかで彩香は、湯気すら立ちそうなくらいに熱くなり、じっとりと汗をかいている。閉じることのできなくなった唇から、甘酸っぱい香りを含んだ吐息をとめどもなくもらしつづけている。

「ね、ねえ」

潤んだ瞳を向けてきた。

「いつまで焦らすの？」

「えっ？」

篤史は口内に溜まった生唾をゴクッと呑んだ。

「わたし、もう欲しいよ」

「ほ、欲しいって……」

どうやら、ついに彩香のほうから求めさせることに成功したらしい。篤史は胸中で快哉《かいさい》をあげながら、たぎりきった顔で念を押した。

「い、いいんですか？　さ、最後までしちゃっていいんですか？」

「きみって、ホントいけずだね」

彩香は双頬をぷうっと膨らませ、怒ったように背中を向けた。篤史は一瞬焦ったが、

「早くちょうだい」

彩香は背中越しに手指を伸ばしてきて、

「もう我慢できないよ」

甘い声でねだりつつ、ズボン越しに勃起をさすりあげてきた。痛烈な刺激に、先走り液がまた大量に噴きこぼれる。

「わ、わかりました……」

その刺激を振りきるのに大変な決断力を要したが、篤史は立ちあがり、コマ落とし映像のようなスピードでズボンを脱いで、トランクスをおろした。勃起しきった肉茎が、唸りをあげて下腹に貼りつく。

蛍光灯がまぶしいのか、上気した顔を見られるのが恥ずかしいのか、彩香はフェルト帽を目深に被って目もとを隠した。

篤史は、黄色いエレガの制服から双乳をこぼした悩ましい女体に、おずおずと覆い被さっていった。むっちりした白い太腿を割り、その間に腰を滑りこませた。顔をのぞきこむと、彩香は潤んだ瞳をそっと閉じた。

(こ、このへんかな……)

肉茎を股間にあてがい、腰を突きだした。挿らなかった。もう一度、強く腰を突きだした。勃起の先端に熱いぬかるみは感じるのだが、いくら押してもはじき返され、なかに挿っていけない。

「どうしたの?」

黄色い帽子の下で、彩香が薄目を開けた。長い睫毛を怪訝《けげん》そうにしばたたかせた。

「いや、あの……」

篤史は口籠もり、しっこく腰を前に出した。何度やっても無理だった。

「ねえ、きみ」

白い手袋が、篤史の顎を触った。

「まさか、初めて？」

「い、いや……」

篤史は真っ赤になった顔をそむけた。こんなことなら、ハウトゥーセックスの本でも買って、真剣に予習しておけばよかった。

「どうなの？　童貞なの？」

「す、すいません。そうです……」

うなずくしかなかった。恥ずかしくて、彩香の顔がまともに見られない。

「もう。だったら、最初からそう言えばいいのに」

彩香は唇を尖らせ、けれども優しげな声でささやくと、篤史の腕をすり抜けた。

「ほら、横になって。わたしが上になってあげるから」

「……は、はい」

篤史はうながされるままにあお向けになった。うまく結合できなかったショックで意識が朦朧《もうろう》としていた。女の花園とフレンチキッスを果たし、興奮しきった肉茎だけが、はちきれんばかりにみなぎっていた。

彩香が腰をまたいでくる。和式トイレに座る要領でしゃがみこみ、白い手袋で勃起しきった肉茎をそっとつかむ。

と、急に不安げな顔になり、

「あのさあ……わたしなんかが最初でいいのかな?」

赤く色づいた唇を、ペロッと舐めた。なんだか照れくさそうだ。

「ゆ、夢みたいです」

篤史は上擦った声で答えた。

「彩香さんみたいに綺麗な人で初体験できるなんて、これ以上幸せなことはありません」

「そお」

彩香は満足げに微笑み、

「じゃあ、いくね」

ゆっくりと腰を落としてきた。

左右の花びらを満開に咲かせた女の割れ目が、口づけるように亀頭に吸いつき、ぐっと呑みこんだ。篤史があれほどがんばってもダメだったのに、みるみる穴に埋まっていく。勃起が熱い柔肉に包みこまれていくのがはっきりとわかる。

「ぅんんっ……」

彩香が妖艶に眉根を寄せた。肉茎はすでに半分ほど咥えこまれている。彩香が股間を小さく上下させると、血管の浮いた肉幹が愛液の光沢を纏《まと》ってヌラヌラと輝きだした。

「あんっ！」

豊満な双乳をタプンッと揺らし、彩香は一気に腰を落としてきた。M字に開いた股間のいちばん下の部分が、篤史の腰にあたり、お互いの陰毛と陰毛が絡み合うほど密着した。

（挿った……全部挿った……）

彩香の淫らすぎる痴態を凝視しながら、篤史は全身を小刻みに震わせた。ついに果たした結合の衝撃に、声も出ないほど興奮していた。

熱く潤んだ柔肉が、ぴったりと肉茎に吸いついてくる。ひだひだの一枚一枚がまるで生き物のようにうごめき、まだお互い動いてもいないというのに、すさまじい快美感を誘ってくる。

幸いにも、昨日の夜は佐緒里のフェラチオを思いだして三回もオナニーしていた。それがなく、玉袋にたっぷりと精が溜まっていれば、挿入しただけで発射してしまったかもしれない。

「ああんっ、すごい硬いっ……」

彩香はうっとりとつぶやくと、いよいよ腰を使いはじめた。篤史のお腹の上に白手袋に飾られた両手をつき、M字に開いた股間を上下に動かして、ぬかるんだ花唇で肉茎をしゃぶりあげてきた。

結合部分から、すぐに湿った肉擦れ音がたちのぼりだした。その音に煽られるように、彩香は出し入れのピッチをあげていく。ヌメッたひだひだが裏筋やカリ首をさすりあげるたまらない刺激に、篤史は首筋をたてて悶絶する。

「ああんっ……っんんんっ……」

しばらくすると、彩香はしゃがみこんだ体勢でいられなくなり、両膝を畳についた。むっちりした太腿で篤史の腰を挟みこむような体勢になって、さらに激しく腰を使いはじめた。

「い、いやあーんっ……感じちゃうよおっ……」

ずちゅっ、ずちゅっ、と腰を前後にスライドさせ、肉茎を蜜壺に呑みこんだままこねまわしてくる。ぶるるっと身震いしては、妖しくヒクつく粘膜で、勃起をしゃぶりあげてくる。

（す、すげえ……なんてエッチなんだ、彩香さん……）

あまりに練達《れんたつ》な腰使いに呆然としている篤史の手を、白手袋がつかんできた。導かれるまま、篤史は制服からこぼれた巨乳をつかまえた。先ほど愛撫したときより、内側から張りつめ、弾力を増した乳肉を、夢中で揉みしだいた。

「はぁああんっ！」

たっぷりと揉み、硬く突起した乳首をつまみあげると、彩香はひときわ甲高い悲鳴をあげた。上下から訪れる刺激に感極まって、フェルト帽の下の美貌を真っ赤に燃やしている。栗色の長い髪を振り乱し、細い首をちぎれんばかりに振っている。

もっと感じさせてやりたかった。

篤史は本能のまま、下から腰を突きあげた。

「はっ、はぁうううーっ！」

彩香がのけぞる。前傾姿勢でいられなくなり、のけぞったまま両手で篤史の太腿をつかむ。

「いいっ……き、気持ちいいよおっ……」

愉悦にとろけきった瞳で見つめられ、篤史はさらに突きあげた。彩香の身体が、ビクンッビクンッと跳ねあがる。

「はぁおおおっ……お、奥まで来るっ……届いちゃううぅっ……」

のけぞったまま、再び股間をMの字にひろげ、しゃくりあげるように腰を使い出した。いやらしすぎる光景だった。篤史は目を皿のように見開いたまま、夢中で突きあげた。ぬちゃんっ、ぬちゃんっ、と卑猥きわまりない肉擦れ音が狭いプレハブ小屋に反響し、結合部分から絶え間なく花蜜のしぶきが飛び散っていく。

やがて、熱化した蜜壺がキンチャクのような収縮を開始した。前夜にオナニーを三回したくらいでは、とてもこらえきれないすさまじい射精感に全身を揺さぶり抜かれる。

「ううっ……も、もうダメです、彩香さんっ！」

篤史は切羽《せっぱ》つまった声をあげた。

「もう出るっ……出ちゃちゃいますっ……」

「ああんっ、出してっ！　いっぱいかけてっ！」

彩香は叫び、腰をしゃくりあげるピッチを限界まで高めていった。応えるように、篤史もぐいぐいと下から抽送を送りこむ。一ミリの隙もないほど密着し合った男女の肉が、一体になって痛烈に擦れ合う。

「う、うおおおっ……出るっ！　出るううううっ！」

獣じみた雄叫《おたけ》びとともに、煮えたぎる欲望のエキスが噴きだした。ドクドクと子宮底に浴びせかけた。

「はぁううっ！　はぁうううううううううーっ！」

彩香が四肢をくねらせ、激しく痙攣させる。その体内に、篤史は怒濤《どとう》の勢いで精を吐きだした。吐きだすたびに、身をよじるほどの快美感が訪れ、頭の先から爪先まで五体は痺れきっていった。

やがて、彩香がぐったりと篤史の上にのしかかってきた。

ハアハアと息を荒げている女体を、しっかりと抱きしめた。抱きしめ合ったまま、はずむ呼吸をぶつけ合った。頭のなかが真っ白になってしまい、しばらくの間、ただそうしていることしかできなかった。

「……ねえ、どうだった？」

耳もとで彩香がささやいた。

「童貞を捨てた感想を聞かせて」

「ま、まだ夢のなかにいるみたいです」

篤史は放心状態で答えた。実際、肉茎はまだ勃起を保ったままアクメの余韻でヒクつく蜜壺に埋まっていて、夢から覚めることを許してくれないのだ。

「ふふっ、わたしも」

彩香は妖性《ようせい》たっぷりに笑うと、唇を重ねてきた。サクランボのようにぷりぷりした感触がたまらなかった。篤史は夢中で吸いかえした。熱く燃える舌を絡め合い、しゃぶり合った。

考えてみれば、これが自分のファーストキッスになるのだ。篤史はぼんやりと思いながら、彩香の甘い舌の感触にいつまでも酔いしれていた。

第三章　案内嬢と野外セックス

1

「おい、守矢！　おまえはいったいなにを考えてるんだ」

休憩時間を一時間オーバーして売り場に戻ると、フロア長から痛烈なカミナリが落ちた。遅刻に加えて、痴漢を殴った件も耳に入ったらしく、たっぷり油を絞られ、始末書まで書かされた。

篤史が戻らなかったせいで昼食抜きになってしまった佐々木も激怒しており、翌日、二千円のステーキランチを奢《おご》るまで口も聞いてくれなかった。

だが、後悔はまったくしていない。

篤史はついに男になったのだ。

しかも相手は憧れのナンバーワン・エレベーターガール。人よりいささか遅れた初体験になってしまったけれど、内容は誰と比べても引けを取らないだろう。手指に残った肉感的なボディの感触や、瞼に焼きついた迫力のヌードを思いだすたびにニヤニヤしてしまい、篤史はまわりを不気味がらせた。

とはいえ、素晴らしすぎる肉交の記憶とは裏腹に、心に一抹の淋しさを覚えていたのも、また事実だった。

(彩香さんが、あんなに奔放な人だとは思わなかったな……)

遠くから憧れていた彼女は、清純きわまるエレベーターガールだった。処女とまではいかなくとも、身持ちの堅い真面目な女に違いないと思いこんでいた。その幻想を、したたかに裏切られてしまったのだ。

もちろん、彩香が奔放でなければ、篤史はいまだに童貞のままだったろう。そう考えれば感謝すべきなのかもしれないし、もう一度くらい相手をしてくれるのではないかと期待は膨らむばかりなのだが、一方で〝彼女候補〟からは遠ざかっていった。たとえ再び相手をしてくれたとしても、彩香はきっと、篤史のことなどセックスフレンド以上には見てくれないだろう。

思いだし笑いと深い溜め息が交互に訪れる、落ち着かない日々が過ぎた。

その間、さすがに彩香のエレベーターに乗りにいくのは躊躇《ためら》われたので、休憩時間のメインイベントは、必然的に一階の総合受付カウンターになった。紺色の制服を着た白百合のような受付嬢、可菜子。その姿を見ていると、清楚さに目が洗われ、胸底に爽やかな風が吹き抜けていく気がした。

（やっぱりぼくには、可菜子さんのほうが合ってるのかもしれないな……）

彼女のことを眺めていると、目の前にかかった煩悩《ぼんのう》の霧が晴れ、まっとうな恋愛に対する意欲がむくむくと頭をもたげてくる。

そう。篤史がいま求めているのは、ステディな彼女であってセックスフレンドではないのだ。彩香の肉体に未練がないと言えば嘘になるけれど、ここはきっぱりと忘れ去って、可菜子に真面目にアタックしてみるべきなのかもしれない。身も心も満たすために。

そんなことを考えながら紳士服売り場のフロアに戻ると、ワインレッドの制服が目についた。容姿だけでなく、姿勢や歩き方がとびきり美しいので、それが佐緒里だとすぐにわかる。

（可菜子さんのこと、佐緒里さんに相談してみようかな……）

ふと思った。

佐緒里は一見、近づきがたいオーラを放っているけれど、実は気さくで優しい人だった。それに彼女は女子従業員にたいへん人望が厚い。可菜子と仲よさげに話をしているところを見かけたこともあるし、相談すればうまいアプローチ方法を教示してくれるかもしれない。

「あ、あのう……」

さりげなく近づき、小声でささやきかけた。

「ちょっといいですか?」

「なあに」

佐緒里は営業スマイルを崩さずに答える。

「ご相談したいことがあるんですけど、近々お食事とかご一緒できませんかね」

佐緒里はふっと眉根を曇らせ、

「仕事中にデートの誘いとは、きみもけっこう大胆だね」

「いえ、べつに、そういうわけじゃ……」

「まあ、いいわ。今夜ちょうど空いてるけど」

「それじゃあ、終わったら四丁目の交差点で待ってます」

「ＯＫ」

佐緒里はパチンと音が鳴りそうなウインクを残して去っていった。ハリウッド女優さながらの完璧なウインクだった。ウインクのうまい女は床上手《とこじょうず》。そんなくだらない俗説を思いだして、篤史はひとり赤面してしまった。

約束の場所に、佐緒里はシックなベージュのツーピース姿で現れた。制服姿しか見たことがなかったから、なんだか新鮮だった。

お酒が飲める店がいいと言われ、篤史は日本橋の割烹《かっぽう》料理屋に案内することにした。いまふうのおしゃれな内装で、割烹にもかかわらずジャズを流している変な店だが、板前の腕はまともだ。

「へえ。きみって見かけによらずグルメだったりするわけ？」

カウンターに並んで座ると、佐緒里が店内を見渡して感心した顔を見せた。篤史はべつにグルメなわけではない。日本橋でうなぎ職人をしている叔父に何度か連れてきてもらったことがあるだけだ。それなりに値が張る店なので懐《ふところ》が心配だったが、年上の美女をエスコートできる飲み屋をほかに知らなかったのである。

吟醸酒《ぎんじょうしゅ》で乾杯した。

「それで、わたしに相談ってなに？」

佐緒里は気のない素振りで言って、突きだしの煮物に箸を伸ばした。つい見とれてしまうくらい、綺麗な箸の使い方をする。

「美味《おい》しい！」

切れ長の目を丸くして、口もとに手をやった。顔が隙のない美形なので、そういった無防備な仕草を見せられると、胸がどきどきしてしまう。

素敵な人だなと思った。側にいるだけで色香にむせてしまうほどセクシーなのに、気品があって、愛嬌もある。しかし、いまはそんなことを考えている場合ではないだろう。篤史は呼吸を整えて切りだした。

「実はですね、佐緒里さん……ぼく、好きな人がいるんです」

「へえ」

佐緒里は再び気のない顔に戻って、冷酒の杯を傾けた。白く冴えた頬が、ほんのりとピンク色に染まってくる。

「まあ、だいたいは察しはついたけど」

「えっ？」

「ううん、いいの。続けて」

「その人は、一階の総合受付カウンターにいる……」

「はあ？」

切れ長の目がさっとこちらに向いた。

「わたし、一階なんかにいないよ」

「知ってますよ。佐緒里さんはぼくと同じ二階の紳士服フロアじゃないですか」

「つまり、好きな人ってわたしじゃないわけ？」

「え、ええ……」

「なーんだ。てっきりこの前の続きがしたいって口説かれるのかと思った。身構えてたのに、馬鹿みたい」

怒ったように唇を尖らせた。がっかりしているようにも見える。まさかとは思うが、こちらからのアプローチを待っていたのだろうか。そういえば、気が向いたらまたフェラチオをしてくれると言っていたが、いまがそのときなのか。

（ダメだ、ダメだ……）

篤史はぶるるっと首を振った。自分が求めているのは、刹那の快感ではなく、ステディなガールフレンドなのだ。素敵な人だとは思うけれど、五つも年上の彼女と恋に落ちるなんてイメージできない。

「で」

佐緒里がつまらなそうに水を向けてくる。

「誰が好きなわけ？」

「いや、その……」

篤史は気を取り直し、ぴんと背筋を伸ばして言った。

「鍋島可菜子さんです」

「ええっ？」

佐緒里は一瞬呆気にとられたような顔をし、すぐに苦笑した。

「面食いだね、きみも」

「や、やっぱり、女の人の目から見てもそうでしょうか？」

「口惜しいけど、Zデパート銀座店のナンバーワンじゃないかな」

「……あの、佐緒里さんもすごく綺麗ですよ」

小声で言うと、佐緒里はふっと笑い、

「お世辞はいいのよ。それで、わたしにどうしてほしいの？」

「うまく彼女にお近づきになれる方法を、相談したかったんです」

「お近づきに？」

「はい」

「きみが？」

「ええ」

「無理ね」

「そんなあ……」

篤史は泣き笑いの顔になり、佐緒里の杯に吟醸酒を注いだ。

「そんなにはっきり言うことないじゃないですか。もしかして可菜子さん、彼氏がいたりするんですか？」

「うーん。とにかく、きみじゃあ無理だって」

「どうして？」

「だって可菜子、ああ見えてけっこうなタマだもん。守矢くんみたいにウブな男の子じゃ、太刀打《たちう》ちできないわよ」

「けっこうなタマって、どういう意味です？」

「それは……わたしの口からは言えないな」

佐緒里は思わせぶりに視線を泳がすと、まわりをうかがいながら篤史の耳もとでそっとささやいた。

「だいたい、きみ童貞でしょ?」

「ち、違います」

篤史は胸を張って答えた。佐緒里にフェラチオしてもらったときは童貞だったし、触られただけで射精してしまいそうになったのだから、そう思われても仕方がないが。

「本当? いままで何人と付き合ったことあるのよ?」

「つ、付き合ったことは……」

「ははーん、風俗ね?」

「違います。それだけは断じて違います」

ムキになって首を振っていると、佐緒里はぷっと噴きだした。さもおかしそうに、目尻に浮かんだ涙を拭う。ひとしきり笑ってから、

「べつに意地悪で言ってるんじゃなくて、本当に可菜子はやめといたほうがいいと思うよ。ほかにも可愛い子いっぱいいるじゃない、うちのデパート」

「可菜子さんがいいんです」

篤史が真顔で言うと、

「……困ったな」

佐緒里は吟醸酒を啜りながらしばし思案した。

「そうね。それじゃあ、こうしましょう。きみ、今度の休み、いつ？」

Zデパートは年中無休なので、社員の休暇はシフト制である。

「あさっての金曜日です」

「一緒だ。じゃあ、その日一日付き合ってよ。わたしとデートしよう」

「いや、あの……なんで？」

意味がわからなかった。可菜子に接近する方法を知りたいのに、どうして佐緒里とデートしなければならないのだろう。

「きみが可菜子を満足させられる男なのかどうか、わたしがテストしてあげるのよ。合格だったら、可菜子と合コンをセッティングしてもいいし」

「マ、マジすか？」

篤史は身を乗りだした。今日は可菜子の男の好みとか、好きな食べ物とか、プレゼントだったらなにが欲しいかとか、そういったことを聞きだせれば充分だと思っていたのだ。酒の席までセッティングしてもらえるとは、かなりの進展である。

「ほ、本当にその……可菜子さんと合コンを……」

「だから、きみがきちんとわたしを楽しませてくれたらの話よ。もちろん、最後までね」

「……は、はい？」

「なにわざとらしく驚いてるのよ。童貞じゃないなら、たっぷり満足させてくれるわよね？」

篤史の太腿の上に手を置き、薔薇の花びらのような唇をペロリと舐める。篤史はかつて受けたバキューム・フェラを思いだし、一秒で勃起してしまった。それを見て佐緒里は淫靡に笑い、

「わたしの相手をするのは、いや？」

「そ、そんな……」

篤史は顔をこわばらせたまま左右した。いやなわけがなかった。しかも、そういう話なら刹那の快楽ではない。可菜子に接近するための、第一歩なのだ。

「でも、いいんですか？　そんなに美味しい思いをして……」

「美味しいかどうかは、わからないわよぉ」

佐緒里は悪戯っぽく笑うと、篤史の太腿から手を離し、指先で妖艶に唇をなぞ

った。

「可菜子には負けるかもしれないけど、わたしもけっこうなタマだから」

切れ長の目でじっと見つめられ、篤史は動けなくなった。欲情と恐怖があざなえる縄のように絡まり合い、その縄でがんじがらめにされる感じだった。ズボンの下では肉茎が熱く疼き、けれども額からは大量の冷や汗が流れてきた。

2

金曜日の午後三時少し前。

待ち合わせ場所である渋谷のモヤイ像の前に、佐緒里はすでに来ていた。

百メートル手前からでもひと目でわかった。

風になびくストレートの長い黒髪、きりりと引き締まったクールな美貌。スレンダーな肢体を包む細身のスーツは、案内係の制服を彷彿《ほうふつ》とさせるワインレッド。ジャケットが燕尾服のようにヒップを隠すデザインではないから、ツンと上を向いた美尻の曲線が露《あらわ》だった。スカートは制服よりさらに短いマイクロミニ。黒いハイヒールは爪先立ちになるほど踵が高い。

つまり、ただでさえ目立つセクシーな美脚をこれ見よがしに誇示しているわけで、行き交う男たちを例外なく振り向かせていた。なのに、声をかける者はひとりもいない。美女ではあっても隙がないから、百戦錬磨のキャバクラのスカウトマンすら、遠目から眺めているばかりである。

接近するのが躊躇われた。

なにしろデートや合コンとは遠く離れた学生時代を送った篤史は、気のきいた服を持っていなかった。今日も洗いざらしのジーパンにスニーカー、三年は着ているナイロンジャンパーという、予備校生みたいな格好なのだ。

(せ、せめてスーツで来ればよかったな。そっちのほうがまだマシだったような気が……)

尻込みしていると、佐緒里と目が合った。こちらを見て、長い手をさっと挙げる。あたりの男たちの好奇に満ちた視線が、いっせいに篤史に集まった。

(まいっちゃうな、もう……)

赤面した顔を下に向けてダッシュした。息を荒げて佐緒里に辿りつくと、

「遅いじゃない」

これ以上なく不機嫌な声で言われた。

「いや、あの……まだ約束の五分前ですけど」

「女を待たせておいて言い訳する気？　男だったら三十分前に来てるのが基本でしょ。可菜子だったら、とっくに怒って帰ってるわよ」

「す、すいません……」

衆人環視のなかで手厳しく叱られ、がっくりと項垂《うなだ》れてしまう。まわりにはきっと、美人上司と使えない部下とでも思われていることだろう。篤史はますます顔を赤くして、歩きだした佐緒里の後に続いた。

井《い》の頭線《かしらせん》のガードをくぐり、スクランブル交差点へ。佐緒里は歩幅も大きく、颯爽と歩くから、篤史は自然と二、三歩遅れてしまう。ワインレッドのマイクロミニのなかで煽情的に躍っている小ぶりのヒップと、レースクイーンが穿いているような脂ぎった光沢のストッキングに飾られた二本の美脚が、いやでも目に入ってくる。

（本当に今日、この身体を抱けるのかな……）

考えただけでジーパンの下で肉茎が疼いた。この前は薄暗がりでよく見えなかった美脚のディテールを、その付け根の敏感な部分を、今日はじっくりと味わえるのだろうか。指や舌や、勃起した肉茎で。

『わたしをたっぷり満足させてくれるわよね？』

佐緒里の言葉が耳底でリフレインした。

童貞でないとはいえ、たった一度の経験しかなく、しかも自ら挿入できずに騎乗位で射精に導かれたのだから、どうがんばっても性技では満足を得られないだろう。しかし、相手はZデパートでも指折りのセクシー美女だ。何度でも挑みかかれるはずで、若さを活《い》かした持久戦に持ちこめば、勝機はあるかもしれない。

「あのう、どこに行くんですか？」

目的がありそうな歩き方をしているので、訊ねると、

「そこ」

佐緒里は立ちどまり、目の前にそびえたつデパートを指さした。

Zのように伝統と格式のあるデパートではなく、渋谷らしく若者向けのブランドを取りそろえているところだ。正直、篤史は好きではなかった。デパートガールの品がないからだ。

「あの、佐緒里さん。買い物だったらZに行きませんか。売りあげにも貢献できるし」

「いいじゃない、たまには。よそのデパートを見るのも勉強になるかもよ」

佐緒里が店内に入っていったので、篤史も仕方なく続いた。

各階停まりのゴンドラにもかかわらず、エレベーターにはエレベーターガール

が乗っていなかった。そういえば、経費節減でリストラされたという噂を耳にし

たことがある。フロアの販売員もZデパートとは比べものにならないほど人数が

少ない。

（ダメなデパートだな……）

温厚な性格の篤史ではあるが、本気で憤怒がこみあげてきた。そうまでしてデ

パートガールの存在をないがしろにするなら、いっそ全階自動販売機にでもして

しまったらどうか。

とはいえ、やはりデパートは女心をときめかせる巨大な装置なようで、婦人服

売り場をうろうろしているうちに、佐緒里の機嫌が直ってきたのは助かった。

「ちょっと着てみるね」

佐緒里はZデパートに入っていないブランド店で、試着室に入った。何着も持

って入ったから、すぐには出てきそうもない。

婦人服に囲まれた篤史は所在がなく、どういう顔で待っていればいいのか困っ

てしまった。販売員と意味もなく笑みを交わしたりしていると、試着室から佐緒

里が顔だけ出して手招きした。

（なんだろう……）

そそくさと足を向けた。佐緒里が目顔でなかをのぞくようにうながしてくる。試着した服の感想を聞きたいらしい。

しかし、カーテンをくぐってなかをのぞくと、元のワインレッドのスーツ姿だった。ただ、どことなく様子が違う。よく見れば、白いブラウスのボタンが胸の下まで開いていた。

「胸、閉め忘れてますよ」

篤史が目をそむけて言うと、

「脱いじゃった」

そむけた目の前に黒い物体が迫ってきた。

ブラジャーだった。

驚いて佐緒里を見た。ブラウスの合わせ目は少し開《はだ》けているのに、そこにあるはずの下着が見えない。スレンダーな体型だからそれほど目立たないものの、悩ましく盛りあがった胸の谷間が露出されている。

「これも」

続いて佐緒里は、パンティストッキングを篤史に見せ、

「それから、これも」

とどめとばかりに、黒いレースのパンティを差しだした。

篤史は息を呑んだ。

あわてて佐緒里の下肢を見ると、美脚からストッキングの人工的な光沢が失われ、白磁のような生々しい素肌が露になっていた。そのうえ、ただでさえ短いマイクロミニがさらに短くなっている。ウエストで生地をたくしあげているのだろう。太腿がほとんど付け根まで見えそうだった。

（こ、こんな短いスカートの下がノーパンだなんて……）

エスカレーターにでも乗れば、下から中身が丸見えになってしまうではないか。唖然とし、唇を震わせて佐緒里を見ると、

「これで買い物したら興奮すると思わない？」

「い、いや、そんな……や、やめましょうよ……」

「でも、こんなことZデパートじゃできないでしょう」

佐緒里は淫蕩な笑みを浮かべて、篤史の手に試着した服と財布を押しこんだ。

「男連れなのに自分で払うの格好悪いから、払っておいてくれる？」

「そ、それはいいですけど……お願いです……お願いですからその格好は……」

「いいから、早く払ってきて」

血の気を失った顔を試着室から追いだされた。

（ど、どうするんだよ、もう……）

呆然としたまま販売員に服を渡し、料金を支払った。

あんな格好でデパート内を歩きまわるなんて正気の沙汰ではない。胸もとは横から見れば容易にふくらみを観察できそうだったし、下半身に至っては犯罪的な露出の仕方だ。彼女にこんな淫らな性癖があったとは夢にも思わなかった。

（いや、待てよ……）

篤史は思い直した。この挑発的な行為は、もしかすると自分を試すものなのではないだろうか。どんなハプニングにも悠然と構えていられるか、男らしさを推《お》し量《はか》るテスト。いかにも佐緒里が考えそうなことだと思った。そしてそうであるなら、おどおどしてしまっては逆効果だろう。

とはいえ、わかってはいても、試着室から佐緒里が出てくると、心臓が縮みあがってしまった。放っておいても注目を集めてしまう美脚の持ち主なのに、いまにも股間の翳りまで見えそうなのだ。

（ま、まずいよ……せめてスカートの丈だけでも元に戻してもらわないと、大変なことに……）

篤史の心配も知らぬげに、佐緒里は目を丸くしている販売員から服の入った紙袋を受け取り、

「じゃあ、行きましょう」

涼しい顔で店を出て、婦人服売り場のフロアに高らかとハイヒールの音を響かせた。

3

「ねえ、下からどれくらい見えるか確認してくれる？」

フロアの視線を一身に集めながら歩いている佐緒里が、小声でささやいた。さすがに恥ずかしいようで、気丈な顔を取り繕っていても、店を出て数メートルほど進むと、藁《わら》をもつかむような感じで篤史の手を握ってきた。その手が、じっとりと汗ばんでいくのがわかる。

「ど、どうやってですか？」

この場でのぞきこめと言われたらどうしようかと思いつつ、篤史は手を握りかえした。篤史のほうもわけのわからない異様な興奮状態に陥っていて、自分の恥部が見えそうなわけでもないのに、大量の汗をかいている。

「階段に行けばいいじゃない」

佐緒里は視線だけを動かしてあたりを見渡した。どこのデパートにも、人気のない階段のひとつやふたつはあるものだ。踊り場にトイレや公衆電話が設置されてなくて、たいていビルのいちばん奥まったところにある階段だ。その場所を視線で探りつつ、歩を進める。

幸運なことに、目当ての階段はすぐに見つかった。しかも、隣接した店が改装中だったので、嘘のようにひっそりしていた。

「じゃあ、そこから見ててね」

佐緒里は繋いだ手をほどき、ゆっくりと階段をのぼっていった。

ワインレッドのマイクロミニがめくれ、丸々とした白い肉丘が顔をのぞかせる。二歩、三歩、その時点ですでに太腿は付け根まですべてが見えて、Uの字を二つ並べたようなヒップの裾野が姿を現していた。四歩目をあがると、桃割れが露になり、その奥から恥毛の先までチラチラ見えた。

（う、うわっ！）

血走るまなこでその様子を追いかけながら、篤史は股間を押さえた。日常空間にさらされた女の恥部は、裏ビデオなど比較にならないほどエロチックだった。ジーパンを穿いてきて本当によかった。肉茎が勃起しすぎて、スーツのズボンなら大きなテントが丸わかりになってしまうところだった。

「どう？」

佐緒里が五段目に片脚をかけた格好で振りかえる。

「ま、丸見えです」

篤史は苦悶でくしゃくしゃになった顔で答えた。たしかにすさまじい興奮をそそられたが、佐緒里にこんなふしだらなことをしてほしくない。そんなに恥ずかしいところを見せたいなら、密室で自分ひとりに見せてほしい。

「お、お願いです……お願いですから、こんなこともうやめましょう」

両手を合わせて拝《おが》むと、

「情けないなあ」

佐緒里は苦笑し、

「そんなことじゃ、可菜子は紹介できないけど、いい？」

「だって、やめるってことはテストを放棄するってことだもの。もちろん、わたしともできないわよ」

「そ、それは……」

篤史は唇を震わせた。

正直、うまくいくかどうかわからない可菜子のことより、佐緒里と最後までできなくなることに恐怖を覚えた。ここまで悩殺的な光景を見せつけられて、欲情しない男などいるわけがない。頭のなかはすでに、垂涎《すいぜん》の美脚の持ち主とどうやって繋がろうかという想像図で支配されつくしているのだ。

佐緒里は妖しく目を細めると、ワインレッドのマイクロミニから剝きだされたヒップに手を伸ばした。白く長い指先が、桃割れの間のきわどい部分を、尺取り虫のような卑猥な動きで這っていく。

「……濡れちゃった」

花蜜の光沢を纏った指腹を見せつけられた。露出プレイの興奮が、汗だけではなく淫らな分泌液まで噴きこぼさせてしまったらしい。

「どうするの？　テストやめる？　それとも続ける」

「ええっ？」

「……っ、続けさせてください」

答えるしかなかった。いいように振りまわされる屈辱に男のプライドがしたたかに踏みにじられたけれど、こみあげる欲情には逆らえなかった。

上の階は家具売り場だった。

盛況だった婦人服売り場に比べれば人影はまばらで、それが救いといえば救いだったが、だからといってまったく無人というわけではない。たまにすれ違う販売員や客が、佐緒里の短すぎるスカートを見てぎょっとする。

「あっちが見たい」

佐緒里はオフィス家具のコーナーに入っていった。篤史は繋がれた手に引きずられるようにして後をついていくばかりだ。

「こういうの、いいよね」

企業の社長室にあるような立派な机を見て、佐緒里が言う。

「デパガの仕事も嫌いじゃないけど、わたし、社長秘書もちょっとやってみたかったんだ」

「……に、似合うんじゃないですか？　美人秘書って感じで」

本当はデパートガールのほうがずっと似合うと思ったけれど、面倒なので調子

を合わせた。すると佐緒里はまんざらでもない顔になり、

「本当にそう思う？　でも社長ってなんかすけべそうじゃない？　偉い社長に限って、こういう机の下に秘書をもぐらせておしゃぶりさせたりしてるのよ」

篤史は閉口してしまった。すけべなのはそんなことばかり考えている佐緒里のほうではないか。呆れ顔で彼女を見ると、なにかを思いついたようににんまりと相好を崩していた。

ものすごくいやな予感がした。

「やってみたい」

「はい？」

「わたしが社長の役で、きみが秘書の役ね。机の下にもぐってよ」

「も、もぐってどうするんですか？」

佐緒里は皆まで言わせるなという感じでキッと目を吊りあげ、

「この前わたしがしてあげたことのお返しをしてよ」

「お、お返しって……」

催事場でのフェラチオのお返しだと瞬時に理解できたけれど、驚愕のあまり二の句が継げなくなった。あたりに人影はなかった。しかし、いつ客が来るかわか

らないし、販売員だって巡回しているだろう。

だが佐緒里は、

「ほら、ぐずぐずしてると人が来ちゃうでしょ」

篤史の背中を押して強引に机の下にもぐりこませた。そしてすぐに背もたれの高い椅子に腰かけ、逃げ場を塞いだ。

つるつるに輝いている二つの膝が、篤史の眼前で左右に開かれていく。極端に丈をつめたマイクロミニは座った拍子にまくれあがっていて、ノーパンの股間はすぐに逆三角形の密林を露にした。またもや暗がりでの対面だったが、今度は目と鼻の先なので、繊毛《せんもう》のいやらしい縮れ具合まではっきりとわかった。

「……舐めて」

佐緒里が頭上でささやいた。見上げれば、高貴な美貌が欲情に燃え狂っていた。篤史が気圧されて後じさると、佐緒里は限界まで椅子を前に出し、篤史の身体に長い美脚を巻きつけてきた。

（す、すごい匂いだ……）

すでに花蜜にまみれている股間から放たれたフェロモンが、鼻奥に突き刺さった。彩香よりさらにねっとりとした濃密な発酵臭に、牡の本能が激しく揺さぶられる。口内に大量の唾液が溢れ、クールな美女のその部分を舐めてみたくてたまらなくなってくる。

「ほら、早く」

佐緒里が淫らがましく股間をもじつかせる。男を惑わす女の魔香が、鼻腔を通過し、脳髄《のうずい》まで染みこんでいく。

(だ、誰も……誰も来ませんように……)

篤史は祈りながら、唾液のしたたる舌を差しだした。密林に覆われた女の割れ目を、ねっちょりと舐めあげた。

「くっ……ぅうっ……」

佐緒里が声を嚙み殺し、美脚で胴を締めあげてくる。

舌先に残った獣じみた味に誘われるように、篤史は舌を使った。花びらの内側をなぞるように何度も舐め、ひしめく女肉をほじりあげた。ひくひくと女肉が反応を示し、すぐにおびただしい量の花蜜が溢れてきた。

(か、感じやすいんだな……)

篤史は太腿に挟まれた顔をたぎらせ、夢中で舌を使った。佐緒里の敏感な反応に加え、いまにも人がやってくるかもしれないというスリルが、興奮の炎に油を注いでくる。

「むふっ……むふうっ……」

荒ぶる鼻息で草むらを揺らしながら、花びらと花びらの合わせ目にある女の急所を探した。身体つきがスレンダーだからだろうか。舌腹で感じた真珠肉は、彩香のものよりずっと慎《つつ》ましいサイズをしていた。米粒くらいしかない感じだ。

「ぐっ……ぐっ……」

ねちねちと転がすと、佐緒里は腰をよじらせて身悶えた。サイズは慎ましくとも、感度は最高らしい。さらに転がすと、美脚を篤史に巻きつけていられなくなり、机の下でピーンと突っ張らせた。突っ張らせたまま、小刻みに痙攣させた。割れ目からしとどに噴きこぼれた花蜜が、篤史の口のまわりをべっとりと濡らしていく。

（ああっ、なんて濡れやすいんだよ、佐緒里さん……それにこんなにひくひくさせて、チ×チン挿れたらいったいどうなっちゃうんだ……）

興奮のあまり、じゅるじゅると下品な音をたてて花蜜を啜りあげてしまう。啜っても啜っても花蜜はあとからあとから溢れてきて、高級そうな革張り椅子まで汚していく。

不意に頭を押さえられた。
花唇から口を離して見上げると、佐緒里がこわばった顔を小さく横に振ってい
た。足音が迫ってきている。客か従業員が接近してきたらしい。
（ま、まずい……）
息をとめ、動きをとめた。しかし、それ以上どうすることもできず、ただやり
すごすことしかできない。佐緒里は必死に取り澄ました顔をつくろうとしている
が、美貌は汗を浮かべて紅潮し、双頬がぴくぴくと痙攣している。篤史の眼前で
ぱっくりと咲いた女の花も、粘膜が淫らに収縮している。
足音が去っていった。
もう大丈夫とばかりに、佐緒里が篤史を見た。唇だけを動かして、なにかを伝
えてくる。
――イカせて。
気貴《けだか》い美貌をとろけさせて、せつなげにねだる。
――イクまで舐めて。
篤史はうなずき、再び口を股間に戻した。佐緒里の腰が跳ねあがる。通行人に
焦らされたことで、感度がさらにアップしたようだ。

篤史はこの前、射精するとき肉茎を吸われたことを思いだし、そのお返しとばかりにクリトリスに吸いついた。蛸《たこ》のように唇を尖らせ、すっかり充血しきった真珠肉をチューチューと吸いたてていった。

「ぐっ……ぐっ……」

女体がガクガクと震えだした。佐緒里は美脚を再び突っ張らせて、しなやかな太腿で篤史の顔を挾み、椅子の上で背中をのけぞらせていく。声をこらえるために、篤史の肩をつかんで指を食いこませてくる。

（さ、佐緒里さん、イッちゃいそうなんだ……）

様子が見たかったが、顔を太腿で挾まれているので無理だった。暗闇のなかで夢中で真珠肉を転がし、吸いたてていくしかない。佐緒里は太腿で篤史の顔を挾んだまま、激しいばかりに股間を上下させはじめる。

「はっ！　っぐうっ……」

突然、女体からがくんっと力が抜けた。

（……イ、イッちゃったか？）

顔をあげると、佐緒里は放心しきった表情で、半開きの唇から熱い吐息をはずませていた。

（な、なんてエロい顔してるんだよ、佐緒里さん……）

あまりにいやらしいその顔つきに、篤史は見ただけで大量の先走り液を漏らしてしまった。よそのデパートの売り場にもかかわらず、目の下をねっとりと紅潮させ、唇も双頰もわななかせて、いまにも白目まで剝いてしまいそうだった。

4

デパートを出ると渋谷の街は夕暮れに染まっていた。公園通りに建ち並ぶビルの群れも、行き交う人もクルマも、すべてがトワイライトの薄紫色に輝いて、まるで街全体が発情しているようだった。

「これからどうします？」

「うん……どうしよう……」

まだアクメの余韻が残っているらしき佐緒里は、篤史が話しかけても生返事ばかり返してきた。立っているのも気怠《けだる》いらしく、篤史の腕をつかみ、もたれかかるようにして歩いている。篤史が必死に頼んだので、スカート丈だけは元に戻してくれたけれど、まだ胸もとのボタンは全開だったし、ストッキングを着けていない生の美脚が異様に艶めかしかった。

（も、もう我慢できないよ……）

篤史は昂ぶる吐息を吐きだした。こみあげる欲情をこらえるのはもう限界だった。一刻も早く、腕に抱いたこのスレンダーボディとまぐわいたくて仕方がなかった。

なんでも、渋谷には日本一巨大なラブホテル街があるらしい。いったいどこにあるのだろうかと、血走ったまなこであたりを見渡す。しかし、見当もつかないので、勇気を振り絞って佐緒里にささやきかけた。

「ホ、ホテルに行きませんか」

トロンとした目がこちらに向く。

「ぼくもう、我慢の限界です」

切羽つまった顔で言い、抱いた腰を引き寄せた。大胆に身を寄せ合っているのに、男女の釣り合いが取れていないと思ったのだろう。すれ違う男たちの誰もが、篤史に忌々しげな視線を浴びせてくる。だが、待ち合わせのときよりは気にならなかった。たったいまこの美女をクンニリングスで絶頂に導いた自信のせいかもしれない。

「ホテルもいいけど……」

佐緒里は集まる視線など気にもとめず、口づけせんばかりに篤史に顔を近づけてきた。甘酸っぱい吐息が鼻腔をくすぐる。

「もう少し風にあたらない？　わたし、まだ頭がぼうっとしてるから」

「そ、そうですか……」

篤史はうなずいた。ありったけの勇気を振り絞って誘ったのだが、そう言われてしまえばしようがない。

佐緒里にうながされるまま公園通りをのぼりきり、薄暗い石畳の道に入った。このまま行けば代々木公園だ。日本一のラブホテル街があるはずの街の灯が、後ろ髪を引いてくる。

「ねえ、ちょっと散歩しようよ」

佐緒里が言い、とうとう代々木公園のなかまで入ってしまった。風が冷たかった。それでも、身体が火照っていて寒さを感じない。佐緒里の横顔も、相変わらず上気したままだ。

歩いているうちに、日はとっぷりと暮れてしまった。

黙ったまま、肩を寄せ合って遊歩道を歩いた。奥に進むほど人影はなくなっていったけれど、それでもカップルの姿だけはちらほら見える。なかには熱い抱擁を交わしている男女もいて、篤史の鼓動を乱していく。

（佐緒里さん……こんな奥まで来てどういうつもりだろう……）

まわりのカップルのように、暗闇での抱擁やキスを誘っているのかもしれないと思った。考えてみれば、夜の公園はデートの定番だ。デパートの家具売り場でクンニに耽《ふけ》るという異常な行動の後だったので、そんな普通の恋人同士のような振る舞いがひときわロマンチックに思えてしまう。

「す、座りませんか？」

遊歩道沿いに並んだベンチを見て言った。頭上に外灯があるから、それなりに視界がきく場所だ。佐緒里がうなずいたので、篤史は古い映画の主人公のように、ベンチの上にハンカチを敷いた。

肩を並べたまま沈黙が続いた。デパートを出てから佐緒里はずっと無口なままだった。少しは男らしくリードしてみせようと、篤史は佐緒里の肩を抱いた。

「……キ、キスしていいですか？」

「いちいち聞かないでよ」

佐緒里が苦笑する。

「したかったらすればいいじゃない」

切れ長の目がそっと閉じられ、薔薇の唇が無防備にほころぶ。

深呼吸してから、唇を重ねた。

ふっくらと柔らかな感触がした。甘酸っぱい吐息が匂った。

佐緒里が瞼をもちあげる。

「三十点」

「ええっ？」

篤史は衝撃を受けた。生涯二度目のキスとはいえ、完全に赤点ではないか。

「そ、そんなに下手ですか？」

「もっと情熱的にしなくちゃ。ほら……さっきしてくれたみたいに」

佐緒里は恥ずかしげに頬を染め、切れ長の目を伏せる。

（さっきって……やっぱりクンニのことだろうな……）

篤史はどきどきしながら、もう一度口づけていった。唇を吸い、内側をなぞるように舐めまわした。自然に割れてきた唇の間に舌を差しこみ、つるりとした女の舌を絡めとった。

「ぅんっ……ぅんんっ……」

佐緒里が鼻奥から悩殺的な吐息をもらす。篤史がむさぼるようなキスを続けると、落ち着きを取り戻しつつあった美貌が再び生々しいピンク色に上気していった。上の唇にも下の唇と同じように性感帯が眠っているのかもしれない。そう思うと、ロマンチックなはずのキスが、急に淫らなものに感じられた。口内粘膜や歯や歯茎まで、たっぷりと舌で愛撫した。

佐緒里が手首をつかんでくる。

そのまま胸もとに導かれた。

ブラウスのボタンははずされているし、ブラジャーも着けられていないから、指先がすぐに素肌に触れた。悩ましい肉の隆起が、手のひらにすっぽりと収まった。サイズは小さめだが、しこしこと張りつめた感触が心地よい。

「ぅんんっ……はぁぅんっ……」

乳房を揉みしだきながら口を吸っていると、佐緒里はみるみる身悶えだした。吐息が熱っぽくなり、ワインレッドに包まれた肢体を悩ましげにくねらせた。手のひらにあたる乳首が硬くなって、それをつまむと白い喉を突きだしてのけぞった。篤史はすかさず、ノーパンのスカートのなかに手を伸ばした。熱く潤んだ花唇をいじると、新鮮な花蜜がしとどに漏れだし、内腿までがぐっしょりに濡れていった。

「ね、ねえ……」

佐緒里が感極《かんきわ》まった表情で抱きついてくる。

「わたしの夢を叶えてくれない？」

耳もとでささやかれた。いままでとは声音が違う、甘いささやきだ。

「な、なんですか？」

「外でセックスしてみたいの」

「ええっ？」

驚いて佐緒里の顔を見た。

「つまり、このまま公園でしたいと？」

「うん」

恥ずかしげに目をそむける。

「昔から、一度でいいからしてみたかったんだ」

「そ、それもテストの一環ですか？」

訊ねると、佐緒里はくすっと笑い、

「わたしがしたいだけ。だから、いやならいいよ」

照れたようにつぶやき、唇を合わせてきた。燃えるように熱い舌が、ぬるりと口内に差しこまれてくる。その熱さが、佐緒里の欲情の激しさを物語っていた。

もう我慢できないと訴えているようだ。

我慢できないのは、篤史も同じだった。ここからホテルに移動すれば、少なくとも三十分はかかるだろう。その時間がもどかしかった。欲情に身悶えている佐緒里を、いますぐ貫きたくてたまらなくなった。

立ちあがり、佐緒里の手を取って芝生の上を進んだ。あたりに人気はなかったが、さすがに外灯の下でことに及ぶのはまずいだろうと思ったからだ。

遊歩道から奥まった場所にある、巨木の陰で細い身体を抱きしめた。いよいよ結合できる期待に胸が高鳴り、息が苦しくなっていく。むさぼるように口を吸い合うちぐはぐなカップルを、黄金色に輝く満月だけが見守っている。

5

（ど、どうしよう……）

欲情に衝き動かされて行動してしまったものの、篤史は結合の仕方で悩んでしまった。足もとの芝生はほとんど枯れていて、横になれば服が泥だらけになってしまいそうだし、近くにはベンチもない。こういう場合、ＡＶなどでは女の手を巨木につかせて立ったまま後背位なのだろうが、そんな難しそうな体位をこなせる自信もまったくなかった。

篤史の不安も知らぬげに、佐緒里は足もとにしゃがみこみ、篤史のジーパンを脱がしはじめた。ベルトをはずし、ジッパーをさげる。ブリーフごとジーパンを足もとにおろされ、猛りたった肉茎が唸りをあげて屹立する。

「ふふっ、ごめんね。ずいぶん焦らしちゃった」

佐緒里は先走り液をたっぷり漏らした亀頭にささやきかけると、薔薇の唇をＯの字にひろげて咥えこんだ。月光を浴びた美貌が、「むほっ、むほっ」と鼻息を荒げて肉茎を舐めしゃぶりだす。

「う、ううっ……」

篤史は腰をわななかせた。我慢に我慢を重ねたあとだったので、瞬く間に射精感が疼いた。けれども、佐緒里のフェラチオはごく短時間で終わってしまった。肉茎全体に唾液を纏わせると、すぐに立ちあがった。唾液を挿入の潤滑油にしようと考えたのかもしれない。

「ちょうだい……」

とろけきった顔で頬ずりされた。しかし、体位の問題がまだ解決されていない。正面から抱き合ったまま動けずにいると、

「脚、持って」

佐緒里が耳もとでささやいた。

「わたし、昔バレエやってたから身体柔らかいの。片脚持ちあげてくれれば、このまま挿れられると思う」

「は、はい」

篤史は命じられるがままに佐緒里の左足を持ちあげた。たしかに柔らかい身体だった。折れた膝がすんなりと胸の下まで来て、まくれあがったマイクロミニの奥から女陰が前に迫りだしてくる。

「ちょっと待ってね……」

佐緒里が肉茎に手を添え、角度を合わせてくれる。亀頭の先端に熱く爛《ただ》れた女肉を感じ、篤史は身震いした。

「いいわ、このまま挿れて」

「い、いきますよ……」

重い荷物を持ちあげるように、恐るおそる腰を前に出した。女肉に亀頭が沈みこむ。たしかにこの先に蜜壺がある感じがする。篤史は息をとめ、ぐいっとばかりに突きあげた。みっちりと女肉のつまった狭いトンネルを、ずぶずぶと貫いていった。

「はっ、はぁあああーっ！」

佐緒里が細腰をきつく反らせる。

「ふ、太いっ……守矢くん、とっても太いわっ……」

首に腕をまわされ、全体重をかけられたが、興奮のあまりまったく負担は感じなかった。ずんっ、と突きあげた。佐緒里がもう一度甲高い悲鳴をあげ、肉茎が根元まで埋まりきった。

（や、やった……とうとう佐緒里さんとも……繋がっちゃった……）

感動が胸を揺さぶり、血肉を熱く沸きたたせる。

すかさず抽送を開始した。激しく腰を動かすと抜けてしまいそうだったので、ゆっくりと抜き、ゆっくりと挿れた。おかげで、蜜壺の感触をじっくりと味わえた。女肉はすでに熱くとろけきっていて、ざわめくように収縮し、蛭《ひる》のように吸いついてくる。

「はぅうーっ！　はぅううーっ！」

佐緒里の声は、一打ごとに艶めかしさを増していった。長い黒髪を振り乱し、細身の身体をくねらせる。ワインレッドのスーツに包まれた肢体から、甘酸っぱい汗の匂いが漂いだす。

「ううっ！　ううっ！」

篤史も興奮に声をもらしながら、夢中で突きあげた。美女の片脚を抱えあげ、夜の公園でまぐわっているというシチュエーションが、たまらない興奮を誘ってきた。群青色《ぐんじょういろ》の夜空に響く佐緒里のあえぎ声が、身の底に眠っていた野生を蘇らせる。渾身の力をこめて、片脚立ちの美女を突きあげる。

「はぁああっ！　はぁああっ！」

佐緒里が火照りきった顔で頬ずりしてくる。潤んだ目を左右に振る。のぞかれることに怯えているわけではない。のぞかれるかもしれないスリルを愉《たの》しんでいるのだ。

「こういうのしたかったのっ！　すごくしたかったのおっ！」

片脚立ちのボディをしならせ、歓喜に悶えながら言う。応えるように、篤史は力強い律動を送りこむ。

しかし、その体位では抽送のスピードに限界があった。興奮が高まれば高まるほど、逆にもどかしさが募《つの》っていく。もっと激しく突きあげたくて仕方がなくなってくる。

あたりを見渡せば、頭上に巨木の枝が伸びていた。

「さ、佐緒里さん」

篤史はいったん抽送をとめた。

「上の木につかまってもらえますか」

「ええっ……こ、こう？」

佐緒里が両手を伸ばすと、ちょうどつかむことができた。

「しっかりつかまっててくださいね」

篤史は言うと、地面についているほうの佐緒里の脚も持ちあげ、両脚とも抱えこんだ。俗にいう〝駅弁スタイル〟の格好だ。

「はっ、はぁあうううう！っ！」

両手で頭上の枝をつかんだ佐緒里が、宙に浮かんだ総身をのたうたせ、ひときわ甲高い声をあげた。

「す、すごいっ……奥までっ……奥までくるううっ……」

たしかに、この体位なら先ほどよりずっと深く結合することができた。M字に開いた股間を、みなぎりきった肉茎だけで支えているのだ。騎乗位よりも深く繋がれているかもしれない。

篤史は抽送を再開した。

最初は身体ごと突きあげるように挿れ、重力で戻る女体を受けとめていた。振り子運動のような感じだ。次第に慣れてくると、腰をしゃくりあげて、抜き差しをコントロールできるようになった。

「はぁあううっ……は、恥ずかしいっ……恥ずかしいわこんな格好っ……」

言いながらも、佐緒里は中空でしきりに腰をくねらせ、グラインドさせはじめた。下から突きあげる肉茎の動きを受けとめるように、股間で円を描きだした。

「はぁあううっ……感じるっ……感じちゃうっ……」

必死の形相で頭上の枝をつかみ、あられもなくあえぐ佐緒里に、篤史は渾身のストロークを送りこんでいく。突けば突くほど、エネルギーがみなぎってくるようだった。彩香との騎乗位では得られなかった、自由な腰の動きを得たからだ。欲望の赴《おもむ》くままに、女肉を味わえることができるからだ。

「ああ、そこっ……そこはダメッ！　ダメになっちゃうーっ！」

蜜壺の上壁を亀頭で擦りあげてやると、佐緒里はいままで以上に派手によがりだした。もちろん、〃ダメ〃と言っても、やめろというわけではないだろう。篤史はその部分に集中して連打を浴びせた。スレンダーな佐緒里の身体はひどく軽かったので、中空に弾みあがるほど強く突いた。

「はぁううぅーっ！　ダメッ……おかしくなるっ……そんなにしたらおかしくなっちゃうよおおおっ……」

ほとばしる悲鳴に混じって、湿りきった肉擦れ音が群青色の夜空に舞う。愛液の多い佐緒里の蜜壺はすでに洪水状態で、お互いの陰毛から太腿、篤史の玉袋の裏までぐっしょりに濡れ湿らせている。

「も、もうダメッ……」

佐緒里が切羽つまった声で言った。木の枝にぶらさがったまま大股開きであえぐ美女の姿は滑稽でもあり、たまらなく卑猥でもある。

「もうダメッ……我慢できないっ……イッ、イキそう……」

「ぼ、ぼくも……ぼくも……」

駅弁スタイルで悶え泣く佐緒里の淫らさに挑発され、腰裏で射精感が疼きだす。

「もう出る……もう出そう……」

「ああっ、きてっ……きてえっ……」

佐緒里がひときわ激しく腰をくねらせる。絶頂に近づいた蜜壺が収縮し、肉棒をしゃぶりたててくる。膝がガクガクと震えだした。こみあげる快美感が、閃光と化して全身を貫いた。

「ああっ、出るっ！　出ちゃうっ！」

「出してっ！　いっぱい出してっ！」

「うおおおおおおっ！」

獣じみた雄叫びをあげ、篤史は最後の一打を突きあげた。抱えあげた女体を強く抱きしめ、肉茎からマグマのように男の精を噴射させる。ドクドクと子宮底に浴びせかけていく。

「イッ、イクッ！　わたしも、イッちゃうぅーっ！」

女膣に横溢《おういつ》する牡のエキスを感じ、佐緒里は白い喉を見せてのけぞった。ハイヒールを履いた脚を振りまわし、長い髪をざんばらに跳ねあげ、長く尾を引くオルガスムスの叫びをあげた。

「はっ、はぁあおおおおおおおおおおおーっ！」

快美にのたうつ女体を抱えあげながら、篤史は長々と精を放った。大量に出た。いくらだしても興奮が治まらず、いくらでも出せそうな気がした。

やがて、佐緒里を抱えたまま枯れた芝に倒れこんだ。服が汚れることなどもうまったく気にならず、呼吸を整えるだけで精いっぱいだった。

第四章　痴漢エレベーター

1

翌日は朝から全身が怠くて仕方なかった。

腕と腰は完全に筋肉痛で、膝に至っては階段をのぼりおりするだけで笑いだした。さらには怒濤の勢いで突きまくった肉茎が赤剝けになってしまい、痛いというか痒いというか、おかしな感覚が仕事中ずっと続いて落ち着かなかった。

（それにしても、昨日の佐緒里さんはすごかったな……）

木の枝をつかんだ滑稽な姿で燃え狂っていた生々しい美女の姿が、いまも脳裏に焼きついて離れない。夢だと言っていた野外セックスを果たしたせいか、佐緒里のオルガスムスは相当だったらしい。枯れた芝生に倒れてからも、放心状態で五体の痙攣がとまらず、十分以上も立ちあがることができなかった。少し休んだほうがいいとホテルへ誘ったのだが、

「今日はもう許して……」

と、ひとりでタクシーに乗りこんで帰ってしまった。いつもはきりりとしている美貌は満足を通り越し、まさに抜け殻《がら》という感じだった。

むろん、篤史も充分に満足していた。

刺激的なシチュエーションで快心の射精を果たしたことに加え、五つも年上の美女を絶頂に導けたという、精神的な達成感が大きかった。自分で自分を褒めてやりたかった。

それにしても気がかりなのは、今後の展開である。よもや佐緒里は、昨日のテストに不合格を言い渡すことはあるまい。ということは、可菜子を誘って合コンを開いてくれることになるのだ。佐緒里は連休のシフトらしく、その日は休みだったので、それについて相談できないのが残念だった。

息絶えだえで一日の仕事を終え、デパートを出たのは午後十時だった。本当は定時に帰ってさっさとベッドにもぐりこみたかったのだが、最近は失敗ばかり重

ねているのでそうもいかなかった。

通勤に使っている地下鉄の入口は、デパートのすぐ目の前にある。

篤史は東京メトロの看板を恨めしげに眺めながら、寒空を歩きだした。フロア長に頼まれた所用があり、有楽町《ゆうらくちょう》方面まで行かなければならなかったのだ。用事をすますと地下鉄の駅まで戻るのが面倒になり、定期は使えないがJRで帰ることにした。

週末の遅い時間だからだろう。駅のホームは酔っぱらいやデート帰りのカップルであふれていた。

少しでも混雑を避けようと、ホームを移動した。どこまで行っても人が切れず、溜め息をつくと、見覚えのある人影が視界に飛びこんできた。

鍋島可菜子だった。

上品なブルーグレイのスーツを着て、白いショールを肩に巻き、ひとり静かにたたずんでいた。白百合のような頬が、ほのかなピンク色に染まっている。酒席の帰りなのかもしれない。

ついじっと見つめてしまい、視線に気づいた可菜子が顔をあげた。

（ま、まずい……）

あわてて視線を逸らそうとすると、驚いたことに会釈してくれた。

もちろん、篤史は可菜子と話をしたことはない。いつも遠くから盗み見しているだけの関係なのに、どうして挨拶してくれたのだろう。

吸い寄せられるように可菜子に近づいていった。どうやって話しかければいいかわからなかったけれど、近づかずにはいられなかった。

「ど、どうも」

とりあえず頭をさげると、可菜子は、

「いままで仕事だったんですか？」

優しげに話しかけてくれた。篤史はますます舞いあがって、

「あ、あの……ぼくのこと知ってらっしゃるんですか？」

「ええ、いつもデパートで見かけてますから」

可菜子はにっこりと微笑んだ。視線が合うことはなかったけれど、視界にはしっかり入っていたらしい。

「あのぼく、紳士服売り場の守矢篤史といいます。今年入ったばかりの新人なんで、よろしくお願いします」

腰を折り、あらためて深々と頭をさげた。学生時代の篤史なら、憧れの美女に

対して、こんなふうにきちんと挨拶できなかったかもしれない。曲がりなりにも童貞を失い、自信をもてた成果だろう。

「一階受付の鍋島です」

お辞儀を返してくれた可菜子は、笑いをこらえていた。丁重すぎる篤史の態度が、おかしかったらしい。

「な、鍋島さん、どちらまで？」

「五反田《ごたんだ》です。守矢さんは？」

「三軒茶屋《さんげんぢゃや》です。いつもは地下鉄なんですけど」

「えー」

アーモンド形の目が丸くなった。

「わたし、中学から短大まで、ずっと三茶《さんちゃ》に通ってたんですよ」

「そ、そうなんですか」

「懐かしいな。それじゃあ、あの店は行ったことありますか？　世田谷公園の側《そば》にあるパスタ屋さん。イタリア人のシェフがいる」

可菜子は急に声をはずませ、お気に入りの店をいろいろと教えてくれた。篤史は一件も知らなかった。引っ越してまだ半年くらいだったし、近所に知り合いもいないし、ひとりで外食をする習慣もないからだ。それでも可菜子はよほど懐かしいのか、次々と店名を挙げていく。

チャンスかもしれなかった。

「あ、あのう、鍋島さん」

篤史は清水の舞台から飛び降りる気分で言った。

「よかったら、今度三茶を案内してもらえませんか? 実はぼく、最近引っ越したばかりなんで、お店とか全然知らないんですよ」

「はあ。案内ですか?」

「お願いします。もちろん、パスタでもなんでもご馳走しますから」

「そうですねえ……」

可菜子は篤史を見つめてしばし思案した。警戒されている様子はなかった。せっかくだから久しぶりに三軒茶屋に行ってもいいかなという表情をしている。

まったく幸運というのはどこに転がっているかわからないものだ。いまにもパールピンクの唇が開かれ、OKの返事がもらえると篤史は確信した。これで佐緒里の力を借りるまでもなく、憧れの受付嬢とデートできるのだ。

ところがそのとき、スーツのポケットで携帯電話が鳴った。無視しようとした

が、可菜子も気にしている。仕方なく出ると、

「もしもし！」

甲高く尖った声が耳に飛びこんできた。彩香だった。ものすごい剣幕だ。

「ねえ！　さっきから何度も電話してるのに、どうして掛けかえしてくれないのよ！」

「は、はい？」

篤史は焦りのあまり声をひっくりかえした。そういえば、着信をチェックしていなかった。

「す、すいません。いままで仕事だったんですよ」

「とにかく早く来て。デパートの裏にある喫茶店にいるから」

「来てって……これからですか？」

腕時計を見た。もう十一時をまわっている。

「事件なの」

意味ありげな、低い声が返ってきた。

「事件が起こったから、すぐに来なきゃダメなのよ」

「はぁ？　いったいなんですかそれは？」

携帯を耳にあてながら、上目遣いで可菜子の様子を探った。恋人からの電話と勘違いされたらしい。鼻白んだ顔で、やってきた電車に乗ってしまった。

（ああっ、なんてタイミングが悪いんだよ。もう少しでデートの約束が……少なくても、五反田までは一緒の電車で帰れたはずのに……）

千載一遇のチャンスを逃した絶望感に目が眩《くら》み、呆然と可菜子の後ろ姿を見送っていると、

「もしもし？　聞いてるの？　とにかく待ってるから早く来てね」

彩香は一方的に言って電話を切った。

約束していたわけでもないし、そもそも童貞喪失の一件以来顔も合わせていないのに、いったいどういうつもりなのだろう。混乱が眩暈《めまい》に拍車をかけ、篤史はもう立っていられず、その場にしゃがみこんでしまった。

2

うなぎの寝床のような喫茶店のいちばん奥のボックス席で、Ｚデパートのナンバーワン・エレベーターガールは待っていた。ふくれっ面で、もうほとんど残っ

ていないオレンジジュースをストローでいじっていたが、篤史の顔を見て破顔《はがん》した。

「あっ！　こっち、こっち」

手招きされ、篤史はボックス席の向かいに座った。

「ごめんね、急に。でも、わたし、携帯に電話しながら二時間も待ってたんだから」

彩香は両手を合わせ、上目遣いで身をくねらせる。店内は熱いほど暖房が効いているのに、どういうわけかステンカラーのコートを着たまま、前を首もとまで締めている。

（とりあえず怒っているわけじゃないんだな……）

篤史は安堵の溜め息をつき、ウエイターにコーヒーを頼んだ。

「それで……なんなんですか、事件って？」

声をひそめて訊ねると、彩香は少し芝居がかった態度で眉をひそめ、バッグからサングラスを取りだした。

「これよ」

「そ、それは……」

篤史は息を吞んだ。エレベーターで痴漢を退治したとき、男が拾い忘れていったサングラスだった。

彩香はもったいぶるように、たっぷりと間を取ってから言った。

「これの持ち主がわかったの」

篤史の顔に緊張が走る。

「ま、まさか、あの男がお礼参りにきたんですか?」

焦って訊ねると、彩香は篤史の隣の席に移動してきた。つやつやと輝く栗色の髪から、甘やかなフレグランスが漂ってくる。

「ううん。わたしのほうが偶然見つけたの」

「どこの誰なんです?」

「うーん。ひとまず男の正体は置いておいてね……」

「待ってくださいよ。やっぱりやくざかなんかだったんですか?」

「違うわよ。普通に仕事してる人だから大丈夫だって。それより……」

彩香は意味ありげに笑った。

「きみ、わたしに借りがあるわよね?」

篤史がきょとんとすると、

「誰のおかげ？」

彩香は可憐な顔に似合わない、けれども背筋が震えるような妖艶な目つきで言った。

「童貞捨てられたの、誰のおかげ？」

「い、いや、その……」

くるくる変わる話題に篤史の混乱は深まるばかりだ。

「それは……彩香さんのおかげですけど」

「ちょっとは感謝してる？」

「もちろんですよ。ぼく、その……彩香さんにずっと憧れてたし」

「そお」

彩香は満足げにうなずき、妖艶な目つきのままじっと見つめてくる。長い沈黙が続いた。篤史は耐えられなくなり、

「いや、あの……はっきり言ってくださいよ。彩香さんには本当に感謝してますから、ぼくにできることならなんでもしますから」

「本当？」

「本当ですよ」

彩香は耳たぶにキスせんばかりに唇を近づけ、低い声でささやいた。

「……痴漢でも？」

「はい？」

「痴漢よ。満員電車のなかで痴漢してほしいの」

「あ、彩香さん……」

篤史はひきつった笑みをもらした。

「まさか、そんな冗談を言うためにわざわざ呼びだしたんじゃないですよね？」

「冗談なんかじゃないよ」

きっぱりと言い放った彩香の顔は真剣だった。栗色の髪をかきあげ、意を決するように「はぁ」と息を吐いた。

「あのね……エレベーターで痴漢してくるやつって、けっこう多いの。週に一回くらいはかならずされるかな。毅然としてればいいんだけど、わたし、すごく感じやすいから、そのたびにメロメロになっちゃって……おかげできみの童貞まで奪っちゃったわけだけど」

「そ、そうだったんですか……」

薄々勘づいていたけれど、やはり彩香はあのとき、最初から誘うつもりで篤史を地下の隠れ家に連れこんだのだ。

「だからね、刺激に耐える訓練に付き合ってほしいの」

篤史は深い溜め息をついた。

彩香の言い分はよくわかった。まぶしいほどに可憐な美貌と、肉感的なボディが災いするのだろう。痴漢の標的になってしまう立場に同情は禁じ得ない。感じやすい身体をしているのも、本人のせいではないだろう。

しかし、である。いくらなんでも、いささかやり方が極端すぎるのではないだろうか。なにも痴漢を受ける訓練をしなくても、防止の策はあるのではないか。

そう篤史が意見を述べると、彩香は、

「わたしも考えたすえのことなのよ。協力してくれないなら、してくれなくてもいいけど……」

美貌を悲痛にしかめて、テーブルの上のサングラスを取った。

「でもそれなら、この男に頼む」

「ちょ、ちょっと待ってくださいよ」

篤史は驚いて彩香の腕をつかんでしまった。

なるほど、最初に痴漢男の話を振ってきたのは、こういうわけだったのか。あの人相の悪い、いかにもすけべそうな中年男に、そんな役まわりを与えていいはずがなかった。訓練に協力するだけではすまないかもしれないし、そもそも本物の犯罪者ではないか。

「なんなのよ、この手は？　離して」

　彩香が冷たく払おうとする。

「やめてください」

　篤史は腕をつかむ手に力をこめた。

「あの男だけは絶対に……絶対にダメです」

「じゃあ、きみがやってくれる？」

「……わ、わかりました」

　恨めしげな目で答えた。答えるしかなかった。

「ぼくが付き合います。あんな男に頼むくらいなら、ぼくが……」

「よかった。守矢くんなら、絶対そう言ってくれると思ってたんだ」

　彩香は天使のような笑みをこぼすと、ウェイターが運んできたコーヒーに大量の砂糖とミルクを入れ、当然のように自分の口に運んだ。

喫茶店を出ると、冷たい夜風が頬を撫でてきた。

にもかかわらず彩香は、

「ちょっと持ってて」

と篤史にバッグを預けて、コートを脱ぎだした。シックなベージュの生地の下から、華やかなパールピンクの服が顔をのぞかせる。

「そ、それは……」

篤史は目を見張った。

パールピンクのダブルジャケットと、太腿を半分以上露《あらわ》にした同色のプリーツミニのスカート。

去年までZデパートが採用していた、エレベーターガールの制服だった。篤史はその制服に惚れこんで、あまたあるデパートのなかからZを選んで就職したのだ。だから、入社直前にデザインが変わってしまった衝撃は大きく、一カ月くらい立ち直れなかったほどなのだ。

「これ、知ってる？」

彩香が悪戯っぽく目を輝かせる。

「……だ、大ファンでした」

「わたしも！　ホント大好きだったたんだよね。この制服に憧れてZのエレガになったんだもん」

篤史に見せびらかすように、その場でくるりと回転した。

彩香は本当に、エレベーターガールの制服を着るために生まれてきたような体型をしている。迫力満点のバストとヒップ、蜂のようにくびれた腰。めりはりの効いた凹凸が目にしみる。

とくにヒップの張りだし方が大きいから、プリーツミニが普通より余分にひろがって見えるのが素晴らしかった。ヒップを包んでいるというより、傘状に開いてひらひらして、少し屈むだけで下着が見えるのではないかという錯覚を誘うのだ。パールピンクの制服に合わせたらしき、白いストッキングと白いアンクルブーツも、最高に可愛らしい。

（こ、この格好の彩香さんを、これから痴漢するのかよ……）

淫らな妄想がみるみるうちに脳内を支配し、気がつけば篤史は勃起していた。

「し、しかし……わざわざそんなものまで用意してるなんて……」

勃起を誤魔化すために話題を変えると、

「だから本気だって言ってるでしょ。いまの制服を外で着るわけにはいかないけど、これなら仕事中の気分になれるから、訓練にぴったりだと思わない?」

「ええ。ぼうっ……」

帽子と白い手袋も着けたほうがいいんじゃないですかと言おうとして、篤史は口をつぐんだ。そこまですればさすがに目立ちすぎるだろうし、エレベーターガールの制服を見せられたとたん、急にノリノリになってしまった自分が情けなかった。

「なによ、〝ぼう〟って?」

彩香が怪訝な顔を向けてくる。

「いいえ、なんでもないです」

「そお。じゃあ、コートとバッグはきみが持っててね。痴漢をするカモフラージュになるだろうし、万が一捕まっても、わたしの荷物を持ってれば恋人同士だって釈明できるでしょう」

「わかりました」

うなずきつつも、視線は制服に包まれた彩香の身体に釘づけだった。先ほどまで躊躇っていたはずの痴漢をすることに、わくわくしている自分がいた。

「それじゃあ、行こうか」

彩香は決意を秘めた凛々《りり》しい顔で夜道を颯爽と歩きだした。

終電にはまだ一時間ほどあるが、地下鉄のホームは先ほどのJR以上に混雑をきわめていた。

おかげでエレガの制服もそれほど注目を集めずにすんだけれど、人波が前後左右から襲いかかってきて、うっかりするとはぐれてしまいそうだ。

(しかし、痴漢するっていっても、どこまですればいいんだろう……)

細かい打ち合わせをしなかったので、そんな疑問が沸きあがってくる。あのサングラスの男は、スカートのなかまで手を突っこみ、下着越しに女の割れ目までなぞりあげたらしいが、そこまで大胆にやってしまっていいのだろうか。

悩んでいるうちに電車がホームに入っていた。

篤史は彩香の背中にぴったりと身を寄せて、乗りこんでいった。車内はもう少しで立ったまま眠れそうなほどぎゅうぎゅうづめだった。できれば窓際の位置を確保したかったが、彩香とはぐれないようにしていたら、人波の中央に寄せられてしまった。

電車が動きだし、振動で彩香の背中がさらに密着してくる。

3

（や、やるしかないぞ。こうなったら……）

暖房と人いきれでむせかえる車内で、篤史はひとり冷や汗を流しながら、決意を固めた。

彩香から預かったコートを左手に掛け、それでカモフラージュするようにして、右手をプリーツミニのヒップに伸ばしていく。彩香のヒップはすでに篤史の腰に密着していたから、身体と身体の間をねじこむようにしていかなければならない。

（むむっ……）

手のひらにヒップの丘の丸みを感じ、篤史は息を呑んだ。

同じ身体が触れているのでも、身を寄せ合っているのと、手のひらで感じるのとでは、興奮度がまったく違った。手のひらを押しかえしてくるむっちりと張りつめた肉の感触が、ダイレクトに牡の欲情を揺さぶってくる。しかもそれを包んでいるスカートは、学生時代に憧れ抜いたパールピンクのプリーツミニなのだ。

美臀のカーブをなぞるように撫であげてみると、甘美な戦慄が背筋をぞくぞくと這いあがっていった。

痴漢を働いてしまう男の気持ちが、なんとなく理解できたような気がした。満員電車でこっそり触る美女のヒップには、密室で触る以上に刺激のスパイスがまぶされている。触る者と触られる者の秘密のコミュニケーション、そして、見つかるかもしれないというぎりぎりのスリル。

目だけを動かして、まわりを見渡した。誰も篤史に関心を払う者はいないようだ。連れとおしゃべりに興じたり、細く折りたたんだ夕刊を読んだり、携帯の画面を見たり。それを確認しながら、さらに彩香の尻を撫でていく。

彩香が腰を振った。

一瞬、いやがっているのかと焦ったが、そうではないようだった。ヒップを逃がすどころか、むしろ篤史の手のひらに押しつけてきている。もっと大胆に痴漢をしろと叱咤《しった》しているのだ。

篤史は乱れる呼吸を必死に抑えた。

〝やらせ〟とはいえ、ここから先はかなり慎重にことを運ばねばならない。まわりに見つかって騒ぎたてられれば、赤っ恥をかくことになる。

プリーツミニの裾を指先でつまみ、たぐるようにまくっていった。湿っぽい熱気が感じられるそのなかへ、震える手指を伸ばしていく。

（ええっ？）

予想と違う感触が伝わってきて、篤史は戸惑った。いま指先に触れているのは、ストッキングのナイロンではなく、もっちりした太腿の肌だ。指先を下へずらしていくと、レースのような手触りがして、さらにその下にようやくナイロンの感触が現れた。つまり彩香は、パンティストッキングではなく、セパレートタイプのガーターストッキングを着けているのだ。

（な、なにを考えてるんだ、この人は……）

仕事中にそんなセクシーな下着を着けるはずがないのに、あえていま着けている神経を疑う。と同時に、凹凸に恵まれた彩香のボディにそれが着けられているところを想像してしまい、勃起がズボンを突きあげた。もちろん篤史は、そんないやらしい下着を着けている女など、雑誌やビデオでしか見たことはない。

「……どうかした？」

彩香が横顔でささやく。下着のことなら気にするなという、言外のテレパシーを送ってくる。瞼が重そうに半分閉じられて、瞳がねっとりと潤んでいた。その欲情しきった牝の顔に、篤史の興奮はますます高まる。

（ぼ、ぼくが興奮してどうする！　これは彩香さんが痴漢に耐えられるようになるための訓練なんだぞ。もっと真面目にやらなくちゃ……）

歯を食いしばって手指を這わせていった。レースの感触と肉の感触を通過し、薄布一枚の無防備なヒップを手のひらで包みこんだ。

パンティはつるつるしたシルクのような素材だった。

篤史の手のひらはその桃割れの真ん中にあたっていて、中指がちょうど谷間の位置にきている。電車の振動に合わせて上下に撫でさすると、いまにも指先が船底のもっとも柔らかい肉に届いてしまいそうになり、胸がどきどきしてしまう。

彩香の身体も小刻みに震えだした。栗色の髪からわずかにのぞいた貝のように美しい耳殻が、赤く染まっていくのがわかった。

「だ、大丈夫ですか？」

小声でささやくと、彩香は前を見たままうなずいた。

しばらく続けていると、電車が次の駅に停車した。篤史はあわてて手指をスカートのなかから抜いた。乗客が入れ替わり、人波に押された彩香は、身体を回転させられてしまい、篤史と正面から向かい合うようになった。

地下鉄なので、駅と駅の間隔はきわめて短い。尻を触っていたのはせいぜい一分くらいだろう。それでも彩香の可憐な顔はもう、妖しいほどに真っ赤に染まりきっている。

（よっぽど感じやすいんだな……）

次の駅までいったん休憩しようとしていると、彩香が膝を立てて太腿を押してきた。続けろということらしい。

仕方なく篤史は、彩香の下肢に手指を伸ばしていった。今度は前からだ。ヒップを撫でるよりもひときわ激しい緊張を覚えつつ、スカートのなかに忍びこんでいく。

そのとき、ガクンッと電車が揺れ、いきなりヴィーナスの丘をつかんでしまった。彩香は声こそ抑えたが、「あっ！」と唇を開き、背筋を伸びあがらせた。その不自然な動きに、まわりの乗客からチラチラと視線が集まってくる。

すぐに身体を離したら余計に注目を集めてしまいそうで、篤史は動けなくなった。中指はパンティの船底部分にぴったりとあたっている。シルクの薄布越しに、女肉が熱く息づいているのがはっきりわかる。

じっとしているべきだった。しかし、指先が自分勝手に動きだした。鉤《かぎ》状に折れ曲がり、割れ目の凹んだ部分をぐりぐりと刺激してしまった。

彩香の太腿が右手をぎゅうっと挟んでくる。

と同時に、声を出さずに唇が動いた。

——もっとして。

篤史はうなずくかわりに、指を動かした。何度も何度も縦割れをなぞりあげているうちに、船底の生地がじんわりと濡れ湿っていった。

満員電車のなかで美女を感じさせている事実が、篤史の興奮も高めた。鼻息が荒くなり、彩香の前髪を浮きあがらせ、じっとりと汗ばんだ額を露にしてしまう。

——もっとしてよ。

再び唇が動いたので、篤史は悩んだ。これ以上大胆にするには、いったいどうすればいいのだろうか。パンティのなかに指を挿れる？　まさかそのために、彩香はガーターストッキングを着けてきたのだろうか。

（ううっ！）

躊躇っていると、下腹部に異変が起きた。ズボンのなかで勃起しきっているペニスを、彩香が握ってきたのだ。握っては離し、離しては握る。握ったまま、いやらしくスライドさせてくる。

——もっとして。もっと触って。

まるでそう訴えるように。

篤史の膝は震えだし、ブリーフのなかに大量の先走り液を漏らした。身をよじるような快美感を耐えるために、彩香への愛撫へ意識を集中させるしかない。

指先でパンティのフロント部分をめくりあげると、しっとりと湿った恥毛の手触りがした。それをかきわけ、花びらの間に中指を滑りこませる。ヌメヌメしたいやらしい肉の感触が、勃起をさらに充血させた。彩香が花びらに触れられた衝撃をこらえるように、強くペニスを握りしめてくる。

「ぐっ……ぐっ……」

篤史は顔を真っ赤に茹であげ、顎が砕けるくらい奥歯を嚙みしめた。もはやこれは痴漢ごっこではなく、満員電車を利用した秘密の愛撫合戦だった。本来の目的など忘れるほどの興奮が全身を痺れさせ、篤史はほとんど本能の赴くままに指を使っていた。ぬかるんだ左右の花びらをめくりあげ、その奥にある敏感な粘膜に触れる。熱くねっとりした粘液が、指先に絡みついてくる。

「うっ……うっく……」

彩香が肉感的なボディをよじった。右手を挟んだ太腿がしきりに擦られ、ぶるぶる震え、痙攣しだすのがわかる。

（もうやめましょう、彩香さん。これ以上やってると、まわりの乗客に見つかっちゃいますよ……）

そう小声でささやいて、彼女の股間から指を引き抜くべきだった。だが、淫らに潤んだ女の肉が、刺激に悶え苦しんでいるナンバーワン・エレガの美貌が、篤史から理性を奪っていく。気がつけば指をくねくねと躍らせ、熱く息づく粘膜にさらなる刺激を与えていた。左右の花びらをめくりあげ、その合わせ目にある女の急所を探っていた。

（ク、クリトリスに触ったら、彩香さん、どうなっちゃうんだ……）

敏感すぎる身体が、派手に反応するに決まっている。わかっていてもやめられなかった。立ったままの体勢だから、真珠肉は割れ目の奥に沈んでいた。それをほじりだすように、鉤状の指でえぐってしまった。

「ああんっ！」

彩香はたまらず悲鳴をあげ、あわてて手のひらで口を塞いだ。ビクンッビクンッと腰が跳ねあがり、パールピンクのエレガの制服が反りかえった。

4

クリトリスに触れた直後に電車が停まり、扉が開かなければ、篤史と彩香はまわりから冷たい視線を浴びていたことだろう。本物の痴漢と間違われて、駅員に突きだされたかもしれない。お互いの性感帯をまさぐり合うことに熱中して、電車がホームに入っていたことさえ気がつかなかったのだ。

下車する客と乗りこむ客で、車内がシェイクされた。

篤史と彩香はいったんお互いの股間から手を離し、けれどもほとんど抱き合うようにして身を寄せ合っていた。そうしていないとはぐれてしまいそうだったし、興奮のあまり、お互いの身体を離すことができなかったのだ。

電車が動きだすと、彩香はすぐに勃起に手を戻してきた。応えるように、篤史もプリーツミニのなかに手を伸ばしていく。パンティのフロント部分の脇から指を忍びこませ、熱くぬかるんだ花びらをまさぐる。

（こ、これ以上やってたら、マジでやばいんじゃないか……）

そんな恐怖がなかったわけではない。しかしいまはそれすら興奮の炎を煽りたてる装置だった。見つかるかもしれないというスリルが、指とペニスで感じる快美感をアンプのように増幅させるのだ。篤史はまだ、それほど大胆に指を動かしていない。

「ひっ！」

突然、彩香の美貌がこわばった。篤史は訝しげに顔をのぞきこむと、

——お、お尻、触られてる……。

彩香の唇が動いた。見開かれた黒い瞳が、恐怖に凍りついている。

篤史は驚いてあたりを見やった。彩香の背後にいる中年男が、いかにも不自然に女体に身体を寄せていた。篤史の視線に気づいても、涼しい顔で動じない。

（ち、痴漢だ……本物の痴漢だ……）

おそらくこの中年男が、彩香のヒップを撫でまわしているのだ。許せなかった。しかし、どう考えても注意したりできる状況ではない。篤史自身も彩香のパンティのなかに指を入れているし、彩香は彩香で篤史のペニスをしっかりと握りしめたままなのだ。

彩香を見た。

大きな目が限界まで見開かれ、そのなかで黒目が右に左に行き来した。

――こっちも……こっちも……。

篤史は青ざめた。よく見れば、彩香に不自然な形で身を寄せていたのは、先の中年男だけではなかった。まわりを取り囲んでいる四、五人の男たちは、すべて同じ目的を有していたのだ。

篤史と彩香の不埒《ふらち》な振る舞いが、彼らを吸い寄せてしまったらしい。一般の乗客の目は欺《あざむ》けても、痴漢常習犯の鼻までは欺けなかったようだ。

「うっ！」

スカートのなかに忍びこませている手に、ほかの男の手があたった。驚いて隣の男を睨みつける。ニヤッと不潔な笑みが返ってきて、篤史は絶句した。こちらが騒ぎたてないことを見透かしている笑い方だった。

彩香が身をよじりはじめた。

おそらく、彼女の下半身には篤史を含めて五つ以上の手のひらが吸いついているのだ。それだけではない。両サイドにいる男たちがわざとらしく肘を突きだし、パールピンクの制服を砲弾状に盛りあげている胸のふくらみまで、むぎゅむぎゅと押しつぶしている。

「ひっ……ぐっ……」

彩香が悲鳴を嚙み殺す。泣きそうな顔で唇を動かす。

——お、お尻の穴……いじってるぅっ……。

篤史は啞然とした。信じられなかった。みんな普通のサラリーマンふうの男なのに、そこまで大胆なことをしてくるとは。

だが、驚き、呆れている場合ではなかった。スカートのなかの篤史の手にも、左右から男たちの手があたってきている。まるで、その場所を譲れとでもいうように。

(じょ、冗談じゃないぞ……)

篤史は息を吞み、パンティのなかで手のひらを限界までひろげた。草むらの繁った恥丘から割れ目までを、ガードするように包みこんだ。

とにかく次の駅で降りるまで、この部分だけは誰にも触らせてはならないと決意した。しかし、篤史はガードしているだけで刺激を与えていないのに、割れ目の奥からは熱湯のような発情のエキスが噴きこぼれてくる。痴漢の触手に反応し、感じてしまっているのだ。

(あ、彩香さんっ！ こんな連中に触られて感じないでよ……)

篤史は口惜しさに歯軋りした。嫉妬と興奮の入り混じった激しい衝動が突きあげてきて、思わず割れ目に指を沈めてしまった。

「うっ……うぐっ……」

彩香は悲鳴をこらえて、きつく目を閉じた。フェロモンの混じった甘い吐息をしきりに吐きだし、凛々しい眉をせつなげにたわませる。

（彩香さんっ！　ぼくが……ぼくがいちばん感じさせてあげますからね……）

篤史は指を動かしはじめた。興奮に正気を失っていたかもしれない。彩香が自分よりも痴漢の触手で感じてしまうことが、どうしても許せなかったのだ。

トロトロにとろけきった蜜壺のなかで指を動かし、粘膜の層を掻きまわす。五回に一回くらいの割合で指を引き抜き、肉の合わせ目にある真珠肉にも刺激を与えてやる。まぶされた花蜜が、草むらをぐっしょりと濡れ湿らせていく。

「うっ……うっくっ……」

彩香はしきりに首筋を立て、栗色の長い髪を波打たせる。命綱《いのちづな》のように篤史の勃起を握りしめたまま、五人がかりの愛撫に恍惚となっていく。汗が匂った。股間から発情した牝のフェロモンが立ちのぼってきた。

（ああっ、なんていやらしいんだよ、彩香さん……）

彩香の肉感的なボディが発する芳香が、篤史をますます興奮させる。蜜壺に指を深々と埋めこみ、最奥を掻き混ぜた。上壁にザラついた部分があり、そこを指腹で思いきり擦りあげると、彩香の反応が変わった。喜悦の証左である眉間の皺が限界まで深まり、膝と腰がガクガクと震えだした。

「あうっ……うっくうっ……」

潤みきった目を見開き、切羽つまった顔を篤史に向ける。震える唇でなにかを訴えてくる。

――イッ、イクッ！ イッちゃうっ！

果実のように赤い唇が、涎《よだれ》で淫らに濡れ光っていた。それを呆然と見つめながら、篤史はさらにしつこく蜜壺のザラつきを擦り、突き、掻き毟った。

「ぐっ、ぐぐうーっ！」

彩香が白い喉を突きだし、激しくのけぞった。背中を弓なりに反らせ、そのまま後ろに倒れていく。

（ま、まずい……）

篤史は支え損なった。このときばかりは、まわりを痴漢たちで囲まれていたことに感謝しなければならなかった。プリーツミニのなかをまさぐっていた手という手が、あうんの呼吸で彩香を支え、オルガスムスに痙攣する女体が崩れ落ちるのを防いでくれたからである。

5

数十分後、Ｚデパート近くの路上に篤史と彩香はいた。

大通りから入った路地のガードにもたれて、乱れた鼓動を整えていた。

もう深夜零時をすぎているので、あたりはひっそりと静まりかえっている。

地下鉄の車内で彩香がアクメに達したあと、篤史は急いで彼女を連れて電車を降りた。終電の時間が迫っていたけれど、彩香を放っておくわけにもいかず、とりあえずここまで戻っていたのだ。

夜風にあたっても、彩香の可憐な美貌はまだくっきりとアクメの余韻を留めていた。目つきはトロンとし、双頬はピンク色に上気して、むしゃぶりつきたいほど悩ましかった。

篤史は居ても立ってもいられない気分だった。昨日からの疲労など、こみあげる興奮が見事に吹き飛ばしていた。パールピンクのプレミアムな制服に身を包んだ肉感的なボディと、繋がり合いたくてたまらなかった。

らせてくれるよ……)

頭のなかで財布にいくら残っているか数えた。シティホテルは無理でも、ラブホテルならなんとか大丈夫ではないかと思う。

「それにしても……ちっとも痴漢に耐える訓練になりませんでしたね」

会話の糸口を探るためにおどけた調子で言ってみると、彩香は突然、顔の前で両手を合わせた。

「ごめん!」

「な、なんですか急に……」

篤史はびっくりしてもたれていたガードから尻を滑らせた。

「本当は痴漢に耐えるための訓練なんて、嘘」

彩香はピンク色の舌をペロッと出した。

「はあ?」

篤史は首を傾げた。ならばなぜ、こんなことをしたのだろう。疑問が渦巻き、訝しげに顔をのぞきこむと、

「わたしね……」

彩香はちょっとせつなげな顔で告白を開始した。

「学生時代から電車に乗るとかならず痴漢に狙われてたの。胸とかお尻が大きくなってきたころから、ずっと。すごくいやだったんだけど、でもそのおかげで身体中が敏感になっちゃったの。性の目覚めっていうやつ？　わたし、こう見えてけっこう奥手だったから……もちろん、痴漢されてうれしいわけじゃないんだけど、触られるとこう身体の奥がむずむず疼いて……」

「つまり……」

篤史は溜め息混じりに言った。

「ただたんに、満員電車で痴漢してほしかっただけなんですね」

「だから、ごめんって言ってるでしょ」

「いいですよ、もう。ぼくも少しやりすぎちゃったし……」

なんだか全身から力が抜けてしまい、へらへらと苦笑していると、彩香が腕に抱きついてきた。

「ふふっ、でもホントにありがとう。まさかイクまでされるとは思わなかったよ。すっごく気持ちよかった」

憑き物が落ちたような、晴ればれした顔で言う。

「いろんなやつに触られちゃって、いやじゃなかったんですか?」

「お尻の穴をいじられたのはびっくりしたけど、けっこうよかった。ある意味、リベンジ? 痴漢に奉仕させてやったって感じ」

天真爛漫《てんしんらんまん》に笑う。

「ならいいですけど」

「軽蔑した?」

「……いえ」

篤史は首を振った。間近に迫った美貌があまりにも可愛くて、胸がどきどきしてしまう。軽蔑はしないから、ホテルで朝まで抱かせてほしい。

「あの……」

「ねえ?」

声が被った。

「なあに?」

「いえ、彩香さんからどうぞ」

「できればもうちょっと付き合ってほしいんだけどな。どうせもうタクシーで帰るしかないし」

「まさか、また痴漢しろって言うんじゃないでしょうね？」

「違うわよ」

彩香は篤史が持っていたバッグとコートを取ると、

「痴漢に会いにいくの」

悪戯っぽい笑みを浮かべて歩きだした。

「な、なんですって？　ちょっと待ってくださいよ」

篤史はあわてて後を追った。痴漢に会いにいくとはいったいどういうことだろう。やはり先ほどの快感が忘れられず、満員電車に戻ろうとしているのではないだろうか。

と、彩香は意外なところで立ちどまった。

Zデパートの裏手にある、従業員用の通用口である。もちろん、こんな時間だから鉄製の扉が堅固に閉まっている。

彩香がインターフォンを押し「藤咲ですけど」と名乗ると、間もなく扉が開かれた。奥には制服姿の警備員が立っていた。その男の顔を見た瞬間、

「あぁっ！」

篤史は声をあげてしまった。まだ薄っすらと腫れあがっている左頬を確認する

までもなく、エレベーターのなかで退治した痴漢だった。

警備員は篤史を見て苦笑すると、すぐに彩香に目をやった。

「もう、警備の人間以外誰もいないよ」

「そお」

彩香は悠然とうなずく。

「一時間だけだからな」

「わかってるわよ」

彩香がバッグから例のサングラスを取りだすと、警備員は舌打ちしながらそれを受け取った。

「じゃあ、行きましょう」

彩香は篤史ににっこりと微笑み、店内に向かって歩を進めた。扉を開け、非常灯だけが灯された一階のフロアに出る。

「い、いったい、どういうことですか、これは?」

篤史は後ろから警備員がついてこないことを確認しつつ訊ねた。

「だから、この前の痴漢はあの警備員だったのよ」

彩香は意味ありげに笑い、

「それで、黙っててほしければちょっと夜中にデパートのなか散歩させてってお願いしたの。あいつ、痴漢のくせにけっこうものわかりがよくてね。二つ返事でOKよ」

篤史は笑えなかった。それはお願いではなく、脅迫と言うのではないだろうか。

「電源も、ちゃんと入れてくれるって言ったし」

彩香が正面エレベーターの前で立ち止まった瞬間、まるで魔法のように五つあるゴンドラのすべてに明かりが灯った。彩香は満足げにうなずき、いつも自分が乗っているゴンドラに乗りこんでいく。

「あ、あの……いったいなにをするつもりなんですか？」

篤史が訊ねると、

「えっ……」

彩香は目を丸くした。

「そっか。きみはとってもいけずな男だったんだ」

呆れたように溜め息をつく。しかしすぐに挑発的な顔になって、バッグから帽子を取りだし、栗色の髪の上に被った。パールピンクの制服と揃いのフェルト帽だ。そして両手には白い手袋。かつて憧れたプレミアムな制服が、当代ナンバーワンのエレベーターガールによって完璧に再現された。

エレベーターガールが常駐するゴンドラは、扉の開閉をボタンではなくハンドルで操作するようになっている。彩香は白い手袋に飾られた手でそのハンドルを優美に操り、扉を閉めた。

「上へまいります」

営業用のハープの美声が響き、ゴンドラが上昇しはじめる。

(やっぱり彩香さん、ここでも痴漢ごっこをしたいんだよな……)

いくら鈍い篤史とはいえ、彩香の思惑くらいわかっていた。が、いくらなんでもここは神聖な職場なのだ。そんなことをしていいのだろうかと、躊躇せずにはいられない。

「本日はZデパート銀座店にご来店、まことにありがとうございます……」

彩香はまるで篤史をからかうように、澄ました顔で平時のエレガを演じている。プリーツミニを盛りあげている大きなヒップが、愛撫を誘っているような気がした。触りたかった。しかもその下は、セクシーなガーターストッキングが着けられているはずなのだ。めくりあげて凝視したかった。

「あ、あの……」

真意を問い質そうとして、言葉を呑みこんだ。佐緒里に言われた台詞が、不意に耳底に蘇ってきたからだ。

『いちいち聞かないでよ。したかったらすればいいじゃない』

そうなのだ。ここまできて言葉で確認しようとするから、〝いけず〟と嫌味を言われるのだ。

ガラス張りの扉の向こうに、寝静まった紳士服売り場のフロアが現れた。彩香の美声が案内を続ける。

「二階、紳士服フロアは通過いたします。三階は婦人服、婦人用品……ひっ！」

篤史はパールピンクの制服を後ろから抱きしめた。砲弾状に盛りあがった胸の隆起を、両手で鷲づかみにした。

「お、お客さま、困ります。こんな大胆に痴漢するなんて」

彩香はまだ平時のエレガを演じつつも、ヒップを押しつけて振ってくる。先ほどアクメに達したばかりの身体は、まだその奥にくすぶりが残っているように熱っぽい。

「彩香さんっ！」

口づけていくと、彩香も応えてくれた。息がとまるほど唇を吸い合い、舌を絡め合った。ハープの美声をコントロールしている舌を、裏側まで丁寧に舐めまわした。

「さ、最高です。彩香さんは最高にエレガの制服が似合います」

篤史はうわごとのように言いながら、パールピンクの制服をまさぐり抜いた。恥ずかしいほど鼻息を荒くしていた。生身の乳房やヒップを触ったことだってあるのに、制服越しに触れる肉の隆起にどうしてこれほど興奮してしまうのだろう。背後からまわした両手で豊満なバストを揉みしだき、プリーツミニを盛りあげているヒップに勃起を押しつけていると、肉茎の先から大量の先走り液が噴きこぼれてくる。

「ああっ、ごめんなさい。わたし、痴漢されて感じちゃう、いやらしすぎるエレガなんです」

彩香は演技なのか本気なのかわからない言葉を口走りつつ、プリーツミニを悩ましく振り乱す。篤史はそのなかに手指を忍ばせていく。

シルクのパンティは船底部分が湿っていたけれど、それは先ほどの残滓《ざんし》らしく、ひんやりしていた。だが、パンティのなかに指を伸ばし、花びらをかきわけると、その奥は指が火傷《やけど》しそうなくらい熱くたぎっていた。

「ああんっ！」

敏感な粘膜をいじられ、彩香の身体が伸びあがる。満員電車ではあげることのできなかった女の悲鳴を解き放ち、淫らがましくよがりはじめる。

あっという間に屋上についてしまった。

静寂に包まれたゴンドラのなかで、男女のはずむ吐息だけが大きく響く。

セクシーランジェリーを見たくなり、篤史はプリーツミニをまくりあげた。まばゆいばかりの純白パンティが目に飛びこんできた。そして白いストラップで吊られた白いガーターストッキング。太腿の上の方が瀟洒《しょうしゃ》なレースに飾られていて、まるで初夜を待ちかねた花嫁のウエディング衣装のようだ。

「な、なんていやらしい下着を着けてるんですか」

思わず口走ってしまった。褒めたつもりではなかったのに、彩香はうれしそうに目を細めた。プリーツミニをすっかりまくって尻を突きだし、妖艶な流し目を送ってくる。

「脱がせて。濡れすぎちゃって気持ち悪いから」

「ええっ？　ここでですか」

「パンティだけ脱がせられるでしょ」

大きなヒップを左右に振る。よく見ると、パンティはストラップの上から穿かれていて、それだけ脱がせられる構造のようだった。

「ほら、早く」

「は、はい」

篤史は後ろからパンティの両脇をつかんだ。濡れすぎたシルクの生地がこんもりした恥丘にぴったりと貼りつき、肉饅頭のくすみ色を透かせていた。ぞくぞくするような卑猥な光景だ。

果物の皮を剝がすように、濡れたパンティを剝ぎとっていく。むっと鼻につく発情した牝の匂いが漂い、ヒップの桃割れから、くすみ色の肉饅頭が恥ずかしげに顔を出す。

アーモンドピンクの花びらはぽってりと厚みを増して左右に口を開き、珊瑚色の粘膜をのぞかせていた。痴漢ごっこでアクメに達したばかりだからだろう。この前見たときよりも濃く充血していて、せめぎ合う肉層の奥から練乳《れんにゅう》状の白濁した粘液まで滲ませている。

「挿れてもいいよ」

彩香は蜂蜜のようにねっとりと甘い声で言った。

「もう我慢できないでしょう?」

妖艶な流し目が、高々と張った股間のテントを一瞥《いちべつ》する。視線で撫でられただけなのに、勃起の脈動が激しくなる。

(挿れてもいいなんて、ずるい言い方だな……)

本当は自分だって欲しくてたまらないほど欲情しているくせに、と篤史は思ったけれど、口には出さず猛スピードでズボンとブリーフをおろした。もう我慢できないのは、彼女の見立て通りだった。

「彩香さん!」

昂《たか》ぶる声で叫び、突きだされたヒップにむしゃぶりついた。立ちバックで挿入したことはなかったが、明るいところで穴の位置を確認できたからなんとかなるだろう。

「い、いきますよ……」

隆々と勃起しきった肉茎を花園にあてがうと、濡れた花びらが唇のように亀頭に吸いついてきた。丸みを帯びて張りつめた双臀を両手で割った。息をとめ、ぐっと腰を前に出した。

「はっ、はぁあああーっ！」

パールピンクの制服がのけぞり、白い手袋がガラスの扉の上でもがく。なんとかうまく挿入できたようだった。篤史は両手で彩香の蜂腰をつかみ直し、こじいれるように肉茎を動かして、狭い肉のトンネルの最奥を目指していった。子宮底を凹ませるほどの勢いでずんっと突きあげると、彩香は甲高い悲鳴をあげてもう一度のけぞった。

「はぁあううう一っ！」

蜜壺は信じられないくらい熱くたぎって、肉ひだという肉ひだがうねり、うごめいていた。入口、真ん中、最奥、と三段階に締めあげてきた。

「す、すごい……」

篤史は唸り、蜜壺の締めつけに誘われるように腰を動かしだした。ずちゅっ、ずちゅっ。すぐに湿った肉擦れ音がたちのぼり、狭いゴンドラ内に発情した牝の匂いが充満していく。

「はぁああっ……はぁああっ……」

彩香が身悶えながら、ゴンドラを操作するハンドルを探る。

「し、下へまいりまーす」

妖しく濡れた美声で言うと、ハンドルを倒してゴンドラを動かした。

ガクンッと揺れ、スゥーッと落下していく。その重力を失う感じが、性器を結合させた男女を、興奮のるつぼへと引きずりこんでいく。

「うっ、うおおおっ……」

「はぁ、はぁあああっ……」

全身の毛穴が開き、うぶ毛が逆立つような無重力の戦慄。それに抗《あらが》うように、篤史は抽送のピッチをあげた。肉づきのいい彩香のヒップから、パンパンパンッと乾いた音が鳴り響く。それを打ち消すほど大きく、彩香があえぐ。興奮が肉茎を火柱のように熱化させ、ひときわ野太くみなぎっていく。

「うおおっ！　うおおおおおーっ！」

「はぁあっ！　はぁあううーっ！」

怒濤《どとう》の突きを繰りだす篤史と、身をよじってそれを受けとめる彩香。

気がつけば地下一階まで来ていた。

ハアハアと息があがった。

フィニッシュにも等しいピストンを繰りだしていた篤史は、いったん動きをとめて呼吸を整えた。彩香も同じだ。激しい抽送の余韻に身を震わせながら、肩で息をしている。

「……す、すごくよかったね？」

彩香が振りかえって言った。興奮に目が見開かれ、可憐な美貌が欲情に燃え狂っていた。

「は、はい」

うなずいた篤史も、きっと獣じみた牡の顔をしていたと思う。

「上へまいります」

彩香がハンドルを操作して、再びゴンドラを動かした。

上昇するときは、下降するときのような戦慄的な興奮はなかった。

だがそのぶん、ゆっくりと抽送を味わえる。パールピンクのエレガの制服を存分に堪能しながら、抜いては挿れる。まるで、次の急降下でスパークさせるエネルギーを溜めこんでいくように。

「あうっ……あんっ……」

彩香のあえぎ声も控えめで、腰の動きも遠慮がちだった。きっと同じ気持ちなのだろう。

ゴンドラが屋上に着いた。

彩香がゆっくりと振りかえった。ハンドルを持つ白手袋が震えている。

「いくよ」

「はい」

血走るまなこでうなずく篤史。

「わ、わたし……考えただけでイッちゃいそうだよ」

興奮にひきつった笑みを浮かべた。篤史も同じだった。再びあの快楽を味わえると思うと、蜜壺に埋めこまれた肉茎がみなぎりをいや増し、いまにも内側から爆発してしまいそうだ。

緊張を孕《はら》んだ静寂がゴンドラを支配し、性器を繋ぎ合わせた男女の鼓動だけがぐんぐんと高まっていった。

「し、下へまいりまーす」

彩香が意を決したように言い、白手袋でハンドルを倒した。

それが合図であったかのように、篤史は怒濤の抽送を開始する。ゴンドラが揺れ、五体がふうっと重力から解放される。あがくように、篤史と彩香は性器を激しく擦り合わせる。

「はっ、はぁうううううーっ！」

彩香の背中がビクンッと跳ね、フェルト帽が飛んだ。栗色の長い髪を振り乱し、ちぎれんばかりに首を振る。

「ダ、ダメッ！　こんなのっ……おかしくなっちゃうよおーっ！」

白手袋でガラスの扉を掻き毟り、五体を跳ねあげる。篤史はまるで暴れ馬にでも跨《また》がっている気分で、揺れはずむ双臀を握りしめ、渾身のストロークを打ちこんでいく。一打一打に力をこめ、なおかつフルピッチで、反りかえった肉茎の先で彩香の急所を擦りあげる。

（す、すげえ……す、吸いこまれるうううっ……）

興奮に燃え狂う蜜壺が、肉茎を奥へ奥へと引きずりこんでくる。摩擦熱が高まりすぎて、肉茎が溶けだしてしまうのではないかと思った。すさまじい一体感と、肉の悦びに、魂までもがひくひくと痙攣しはじめる。

「い、いやいやいやっ！　もうダメえええーっ！」

彩香が叫んだ。

「もうイクッ！　イッちゃうよおっ！」

「ぼく、ぼくもっ……ぼくもイキそうっ……」

「はぁあぁっ……一緒にっ……一緒にきてえええーっ！」

叫び合う男女の声が、淫らに湿った肉擦れ音が、むっちりした尻肉を叩く乾いた音が、狭いゴンドラにあふれんばかりに反響した。

「ああっ、いやいやっ！　イクッ！　イッちゃううぅーっ！」

彩香がひときわ甲高い声をあげて、背中をピーンと突っ張らせた。同時に、アクメに達した蜜壺が肉幹をぎゅうぎゅうと締めあげてきた。内側のひだというひだが淫らがましく痙攣し、肉茎に絡みつき、吸いついてくる。

「うっ、うおおおっ！　出るっ！　出るううぅーっ！」

篤史もたまらず、最後の一撃を打ちこんだ。痛いくらいの、快心の射精が訪れた。煮えたぎる欲望のエキスを子宮底に注ぎかけている間、二度、三度と意識が遠のきかけた。最後の一滴を漏らしおえるまで立っていられたのが奇跡に思えたほど、すさまじい快美の嵐に揺さぶり抜かれた。

第五章　憧れの受付嬢

1

（ああっ、彩香さん……彩香さん……）

西洋人形のように可愛い美貌とハープの美声と肉感的なボディをもった、とびきりエッチなエレベーターガール。

篤史はもう彼女に夢中だった。

深夜のエレベーターでまぐわってからすでに三日が過ぎているが、まだ興奮は冷めやらず、寝ても覚めても彩香のことばかり考えている。

セックスが、男と女の営みが、あれほどの一体感と、失神しそうなほどの快感に満ちていたとは思わなかった。射精をしながら女体をあれほど愛《いと》しく思ったのも初めてだった。

（彩香さん、ぼくだけの彼女になってくれないかな……）

もちろん、可菜子に対して未練がないわけではなかったが、男と女には相性というものがあると思う。身体と身体、肉と肉とが、まるで赤い糸で結ばれていたような運命を、彩香に感じてしまったのだ。

それに、念のため佐緒里に合コンの件を確認したところ、

「いまのきみの実力じゃ、まだまだ可菜子はなびいてくれないわよ。わたしがもう少し鍛えてあげるから、次の休みにまたデートしましょう」

しれっとして言われた。

どうやら佐緒里は、最初から合コンをセッティングする気などなく、ただ篤史を利用して淫らなプレイに耽りたかっただけらしい。眩暈《めまい》がするほどショックだったし、ちょっと泣きそうになったけれど、これで可菜子のことも諦められそうだった。

（よーし、彩香さんにきちんと交際を申しこもう。け、結婚を前提にしたっていいし……）

もう相手が奔放すぎるなどと尻込みしている場合ではなかった。結婚は無理でも、せめてステディな彼女になってもらい、あの魅惑的なボディを独り占めにしたい。身も心も一体になりたい。

篤史は決心を固め、彩香にメールを打った。

『大事な話があるので、近々、夕食をご一緒できませんか？　なんでもご馳走させてもらいますので』

彼女からのレスポンスはこうだった。

『それじゃあ金曜日の夜でどう？　わたし、ピザが食べたい』

篤史は了解のメールを出し、金曜日、どきどきしながら彩香が指定したピザハウスに向かった。Ｚデパートの社員が会社帰りによく利用している、喫茶店に毛が生えたようなカジュアルな店だ。べつに本格的なイタリアンでもかまわないと申してたのだが、

『社会人一年生のくせに、そんなに無理しないでいいよー』

とメールで叱られた。あれほどの美女なのに、経済観念もまともらしい。もはや彩香は〝彼女候補リスト〟のナンバーワンではなく〝お嫁さんにしたい女〟のナンバーワンである。

約束の時間に少し遅れてピザハウスに着いた。

にぎやかな店内の片隅で、彩香はすでにピザを頬張っていた。両手を油でベトベトにし、チーズの糸を引きながら食べる光景はいささか野性味にあふれていたが、顔が可憐なので妙にエロチックだった。肉感的なボディをぴったりと包んだ、レモンイエローのセーターも素敵だ。

「すいません。お待たせしました」

篤史は頭をさげつつ、向かい合わせに座った。

「遅いよ」

彩香はピザの油で光る唇を尖らせて、腕時計を見た。怒っているというより、困ったような顔をしている。

篤史が遅刻してしまったのは、プレゼントのネックレスを買っていたからだった。さすがに結婚を前提にした交際を申しこむのに、手ぶらでは気が引けた。さほど高価なものではないが、いちおうブランドものだ。篤史は女の人に贈り物をしたことなどなかったので、それを鞄《かばん》に忍ばせているだけで鼓動が乱れた。

「あのですね、彩香さん……」

さっそく渡そうと鞄を開けると、

「ちょっと待って」

彩香が手をあげて制した。

「わたしが先に話していいかな。きみが時間に遅れたせいで、もう来ちゃうよ」

「来るって誰が？」

「友達」

「友達？　なんで？」

篤史は憮然《ぶぜん》として訊ねた。大事な話があると言って呼びだしたのに、どうしてその席に友達を呼ぶのだろう。いささか無神経すぎるではないか。

「その子、わたしの親友だから、きみのことを紹介したいんだ」

彩香は長い睫毛を伏せ、はにかみながら言った。

篤史は憮然とした顔を撤回せざるを得なかった。ということは、彩香は自分のことを彼氏として紹介してくれるのだろうか。親友に紹介するということは、少なくともその候補くらいには考えてくれているということか。ついニヤニヤして彩香を見ると、

「言っとくけど、すごく綺麗な子だからね。わたしなんかと違って、お嬢さまっぽいし」

「へえ、そうですか」

篤史は気のない声で答えた。どんな美人だって、彩香にかなうわけがない。

「で、きみはほぼ間違いなく彼女を気に入ると思うんだけど、そうしたら今夜寝てあげてくれない？」

「はい？」

篤史は驚いて彩香を見た。

「寝るってどういう意味ですか？」

「だから……」

彩香は声をひそめて、

「セックスしてあげてよ」

「な、なんでぼくが？」

「頼まれたのよ。なんでも言うこと聞いてくれる男の子を紹介してって。口が固くて、ちょっと年下で、あんまり擦れてないタイプがいいらしくて……ぴったりでしょ？」

罪のない笑顔で篤史を指さしてくる。

「そ、そんなあ……」

篤史は激しく落ちこんだ。彩香にとってみれば、篤史など〝なんでも言うことを聞いてくれる年下の男の子〟にすぎなかったのだ。しかも、欲求不満の友達にレンタルしてもかまわない程度の。

「その子、わたしとデパートの同期なんだけどね。ほら、きみ、デパガの制服好きじゃない？　ちゃんとベッドインの前に着てくれるように頼んでおいたからさ。気がきくでしょ」

篤史はもうなにも言いかえせなかった。たしかに制服フェチであることは認めるけれど、制服そのものが好きなわけではない。着ている人間が魅力的でなければ、制服なんてなんの意味もない。

（ひ、ひどいよ、彩香さん……）

気を抜くと涙があふれてしまいそうだったので、歯を食いしばった。こんなオチが待っているとも知らず、貯金を下ろしてネックレスなんか買ってきた自分が、あまりに滑稽で、あまりにみじめだった。

「あ、あのですね、今日ぼくが彩香さんをここに呼んだのは……」

とにかく、自分の気持ちだけはきちんと伝えてから席を立とうと話をはじめたときだった。ふと、悪魔的な作戦が脳裏をよぎった。彩香のような奔放な女と渡り合うためには、馬鹿正直に振る舞っていないで、こちらもしたたかになる必要がある。もうひとりの自分がそう耳もとでささやいた。

（そ、そうだよ……簡単に振りまわされてばかりいるから、お手軽な男だと思われちゃうんだよ……）

篤史は腹を括《くく》り、声音を豹変《ひょうへん》させた。

「ええーっと、つまりこういうことですね。これからここに来るお友達と寝るのが、彩香さんの願いでもあると」

「そうそう」

「じゃあ寝ます。たぶん好みじゃないと思いますけど我慢します……でもそのかわり、彩香さんもぼくのお願いを聞いてくれますか？　無条件で、なんでも……」

「いいよ」

彩香は咲き誇るひまわりのような笑顔でうなずいた。

「きみがその子と寝てくれるなら、わたしだってなんでもきみのお願いを聞いてあげちゃう」

「本当ですね？」

「じゃあ……約束」

篤史は震える小指を彩香に差しだした。彩香は無邪気に小指を絡め、口のなかで指きりげんまんを歌いだす。

(や、やったぞ……)

篤史は冷や汗の流れる顔に勝利の笑みを浮かべた。

結婚を申しこんでやろうと思った。

それがダメなら同棲してもらう。裸にエプロンで料理をしてもらい、毎日一緒のベッドに寝て、朝まで燃えるようなメイクラブに耽るのだ。

(ふふふっ、ぼくだってその気になれば、けっこうなワルなんだからな。この前まで童貞だったと思って、侮《あなど》ってもらっちゃ困るんだぞ……)

約束が成立した暁《あかつき》には毎日何度でも挑みかかって、そのエッチなボディをとことん満足させてやろうと胸を躍らせていると、彩香が手をあげた。

「あっ! こっち、こっち」

手招きされて現れた人物を見て、篤史は椅子から転げ落ちそうになった。脳裏に浮かんでいた不埒な妄想など、一瞬にして吹き飛んだ。

そこに鍋島可菜子が立っていたからである。

2

「まさか、彩香が紹介してくれるのがあなただとは思わなかったわ」

装飾過多なラブホテルの部屋で、可菜子はつぶやいた。

頭上には安っぽいシャンデリア、天井と壁には巨大な鏡、そして足もとのカーペットは脂ぎった臙脂色《えんじいろ》。それらが醸《かも》しだす淫靡な雰囲気が、シックなグレイのコートに身を包んでいる可菜子の清楚さを、ひときわ際立たせるようだ。

(こっちだって、まさか可菜子さんが来るとは思わなかったよ……)

生まれて初めて入ったラブホテルの部屋で所在なく立ちすくみながら、篤史は思った。

彩香は〝すごく綺麗〟と言っていたが、こんな展開で現れるのはそれとは反対の容姿の女に決まっていると思っていた。それがまさか、憧れの美人受付嬢が登場してくるとは、まるで狐につままれているような気分だ。

「守矢さんっていったわよね？」

涼やかな声で可菜子が言った。

「はい。守矢篤史です」

「勘違いされたら困るから先に言っておきますけど……あなたとするのは今夜一回だけ。部屋を出たら、ここで起こったことは全部忘れてください」

「……ええ」

それは先ほど彩香からも耳打ちされた条件だった。

「それから、本当になんでもわたしの言う通りにしてもらえるのね？」

上目遣いでうかがってくる。

〃なんでも〃と念を押すところが微妙に恐ろしさを誘ったけれど、こんなところに来てすることはひとつだろう。篤史はうなずき、

「約束します。でも、その前に教えてもらえませんか？　鍋島さん、すごく美人だし、モテないわけないでしょう？　どうしてわざわざこんなことを……」

可菜子はふっと笑って、

「守矢さんには、わたしがどんな女に見える？」

「えっ……それは、お嬢さまっていうか……淑《しと》やかで、清楚で……」

可菜子はもう一度笑い、

「みんなそう言うわよね。もっとも、わたし自身がそう見られるように振る舞ってるんだけど……」

笑顔が一瞬、自虐的《じぎゃくてき》な影を帯びた。

「でもね、わたしはべつに、お嬢さまじゃないわ。家はいちおう池田山《いけだやま》にあるけど、豪邸ってわけじゃないし、父は普通のサラリーマンだし。もっとはっきり言えば、わたしは玉の輿《こし》を狙って虎視眈々《こしたんたん》っていうタイプの女なの。いまお付き合いしている人が三人いてね。IT企業の社長と、大手の商社マンと、資産家の長男と……」

篤史は手に汗を握った。佐緒里が〝けっこうなタマ〟と称したのは、このことだったのだろうか。

「たぶん、近いうち、そのうちの誰かと結婚すると思う」

「だったらべつにこんなことしなくても……」

つい尖った声で口を挟んでしまった。可菜子の正体にいささかショックを受けたせいかもしれない。

「まさか、三人ともご老体のEDってわけじゃないですよね？」

「ううん、みんな若くていい男よぉ。でもね、いい男が求める女のタイプって一緒なの。わかるかしら？　要するに、ベッドのなかでもわたしにお嬢さまでいてほしいのね。よくいい女の条件に、昼は淑女のように、夜は娼婦のように、なあんていうけど、あんなの嘘。女が本気で娼婦のように振る舞ったら、どんな男でも結婚なんて考えてくれないわ」

言いながら可菜子は、呆然と立ちつくしている篤史に身を寄せてきた。

間近で見ると、思った以上に顔が小さかった。雪のように色が白く、彫刻刀で彫られたような端整な美貌は美術品のようだ。びっしりと生え揃った濡《ぬ》れ羽色《ばいろ》の睫毛が、ひどく長い。瞬きするたびに、風が起こりそうだ。

「でも、わたしだって、たまにはベッドでお嬢さまを演じるのをやめてみたいじゃない？」

白い指先が胸もとに伸びてきた。ターコイズブルーのマニキュアをしていた。エキセントリックな色合いだが、不思議によく似合っている。

その指先がネクタイをほどきはじめた。篤史は身動きをとることができなかった。こちらをじっと見ている神秘的な黒い瞳に、吸いこまれてしまいそうだ。

「疲れちゃうのよ、殿方に寵愛《ちょうあい》される抱かれ方ばかりしてると」

長い溜め息をつくように言う。甘い吐息に鼻腔をくすぐられ、篤史は眩暈を起こしそうになった。

「思いっきり、淫らな女になってみたいときもあるの」

気がつけば、篤史は一糸纏わぬ丸裸にされていた。唸りをあげて勃起しきった肉茎が、天を仰いで小刻みに震えている。正面に立っている可菜子はまだ、コートも脱いでいないし、クリーム色のパンプスも履いたままだ。

「理由、納得していただけたかしら？」

「え、ええ……」

篤史はおずおずとうなずいた。理由を納得したからではない。この状況でこれ以上詮索を続けることが、無意味に思えたからだった。

「そんなに緊張しないで」

可菜子はアーモンド形の目を妖艶に細めた。丸裸で勃起している男を前にしているのに、氷のように冷静だ。

「あなた、デパガの制服が大好きなんですって？」

内巻きカールの黒髪を妖艶にかきあげ、グレイのコートを脱いだ。

（ええっ！）

篤史は目を見張った。

可菜子がコートの下に着けていたのは、紺色の受付嬢の制服だった。しかも、ジャケットを着用する冬服ではなく、夏服の半袖ワンピースだ。

受付嬢の制服に限って、篤史は冬服より夏服のほうが好きだった。お嬢さまっぽい、清楚なイメージは冬服と同じだが、身体にぴったりとフィットするデザインだから、女の凹凸がよくわかる。可菜子の場合、細身なのに張りのあるバストとヒップが、露骨なほどに強調される。

可菜子は、鞄から白いコサージュを出して胸もとに飾り、白いストローハットも出して被った。制服と揃いの、紺色のリボンがついたものだ。

季節はずれの夏服の受付嬢が完璧な装いで目の前に出現し、篤史は身震いするほど興奮してしまった。肉棒が歓喜を示すように跳ねあがり、先走り液がツッーッと糸を引いてしたたり落ちる。

「彩香に制服を着てあげてって頼まれたから、わざわざ着替えてきたのよ」

「あ、ありがとうございます」

しゃちほこばって頭をさげると、そそり勃った肉茎もお辞儀をした。自分で自分が、ものすごく間抜けに思えた。

「それじゃあ、手を出して」

可菜子が、鞄からキャンプに使うような太いロープを取りだして言う。

「は、はい？」

篤史は驚いて顔をひきつらせた。

「手を縛るんですか？」

「そお」

当然のようにうなずく可菜子。

「なんでも言うことを聞いてくれる約束だったわよね？」

「いや、その……」

篤史は青ざめた。

「ま、まさかＳＭ？」

「本格的なものじゃないけどね」

可菜子は柔らかに微笑む。

「でも、ちょっと自由を奪わせてほしいの。もちろん、痛くするつもりはないわ。鞭《むち》でぶったり、ロウソクを垂らしたりするわけじゃないから安心して」

そう話す可菜子の顔は、マゾヒストなら迷わずひれ伏してしまうような威厳に満ちていて、とても安心することはできなかった。よく見れば、冷ややかな微笑の下で、欲情の炎が揺れていた。妖しく細められた双眸《そうぼう》が、ねっとりと潤んでいた。

（ま、まいっちゃったな……こんなおとなしそうな顔してるのに、ＳＭ好きなんて……しかも責めるほうかよ……）

背筋に冷や汗が噴きだし、性的興奮とは違うおぞましい悪寒が、身体の内側をぞわぞわと駆け巡っていく。

「どうするの？」

可菜子が苛立《いらだ》った声で言った。

「いやならやめたっていいんだけど」

「いえ、そんな……」

篤史は恐怖を振りきるように首を振った。

ここまで来てやめるわけにはいかなかった。なんでも言うことを聞くと約束しておきながら尻込みして逃げたとなれば、彩香にだって軽蔑されるだろう。

それに、可菜子がいったいどこまでいやらしい女に豹変するのか、好奇心もそそられた。この先どんな展開が待ち受けているのか想像もつかなかったけれど、清楚な可菜子が欲求不満を爆発させるところを、この目でどうしても見てみたい気がした。

「わ、わかりました。約束ですから、好きにしてください。あとは可菜子さんにすべておまかせします」

篤史は、刑事に自首する犯人のように両手を揃えて差しだした。

可菜子がうなずいてロープを巻きつけてくる。

冷たい笑みを浮かべた、白い美貌が目にしみた。清らかな濃紺の半袖ワンピースがまぶしすぎて、篤史はきつく瞼を閉じた。

3

両手をロープでぐるぐる巻きにされた篤史は、ベッドにあお向けに寝かされた。縄尻を枕もとのポールに結ばれ、両手をバンザイするような体勢で固定された。

それほど堅固に縛られたわけではないし、胴体や足は動かせたけれども、全裸で両手の自由を奪われるのはやはり、衝撃的な体験だった。天井の鏡に映った勃起も露《あらわ》な自分の姿を眺めていると、不安と羞恥と妖しい期待で、心が千々《ちぢ》に乱れていく。

枕もとで膝を崩して座っている可菜子は、受付嬢の制服制帽を身に纏ったままだった。自分だけ着衣のままでいることが、彼女にとても優越感を与えているように見えた。デパートの受付カウンターでは見せたこともない高慢な表情で、篤史の裸身を眺めまわし、

「わたしの恋人たちは、いつもわたしの全身にキスをしてくれるわ」

歌うように、しっとりした低い美声を響かせた。

「キスっていうか、舐めるって言ったほうがいいかしら。胸もお尻も脚の間も、本当に身体中が唾でベトベトになるまで舐めまわすのよ。女はたいてい舐められるのが好きよね？　だって愛されてる感じがするもの」

濡れ羽色の睫毛の奥で、黒い瞳が妖しく輝く。

「わたしも嫌いじゃないわ。でもね、もっと好きなのは舐めることなの」

高貴な血統の猫のようにエレガントな仕草で、可菜子は横座りの体勢を四つん這いに移行した。淑やかな美貌が篤史の胸もとに迫る。優美にカールされた黒髪が胸板をくすぐり、腰がビクンッと跳ねあがってしまう。

篤史は乾いた雑巾《ぞうきん》みたいになってしまった口内で舌を動かし、必死で唾液をか

き集めた。緊張に胸が押しつぶされそうだった。佐緒里も彩香も積極的かつ奔放な女たちで、いつも圧倒されてばかりいたけれど、こんなふうに異様な緊張を与えてきたりはしなかった。そしてその緊張はけっして不快ではなく、勃起を激しくみなぎらせるのだ。

青いマニキュアが施《ほどこ》された指先が、乳首のまわりをなぞった。

「……舐めてあげるわね」

白いストローハットのツバ越しに、挑発的な上目遣いで見られた。生赤く輝く、長い舌を差しだした。

「……ぅんっ」

甘い鼻息を振りまきながら、舌先がねっとりと乳首を舐めあげた。まずはまわりから、円を描くように舌を這わせ、じわじわと中心に接近してくる。よく動く可菜子の舌は、ざらつきがあるのにまったりして、濡れたヴェルヴェットのような感触がした。

その舌でくすぐられるように舐められると、乳首が熱く疼きだした。篤史は男の乳首にも性感帯が眠っていたことを初めて知った。乳首を舐められることがこれほど気持ちいいとは、夢にも思わなかった。

陥没《かんぼつ》していた乳頭が突起してくると、可菜子はそれを指先で擦りたて、

「ほーら、勃ってきた」

勝ち誇ったように笑い、もう片方の乳首にも舌を這わせていく。こちらもすぐに突起した。可菜子は唇を艶めかしく半開きにして乳頭に口づけ、チュウッと吸った。

「ぐっ……」

痺れるような刺激に、篤史はたまらず奥歯を噛みしめた。チュパチュパと音をたてて乳頭を吸いたてる可菜子は、まるで官能の芯まで吸いあげようとしているかのようだ。

左右の乳首を激しく吸われて、篤史は悶絶した。いや、いまにも声をあげて悶絶してしまいそうな刺激を、必死の思いでこらえていた。

天井の鏡には、全裸であお向けになった自分と、四つん這いになった制服姿の可菜子が映っている。男のくせに、相手が服を脱ぐ前から悶えてしまうなんて、いくらなんでも恥ずかしすぎる。

「元気いいわね」

可菜子が、ビクビクと跳ねている肉茎を見て薄く笑う。白い細指で脇腹をなぞ

りながら、顔の向きを下半身に向けていく。

紺色のワンピースを悩ましく盛りあげている豊臀がこちらを向いた。可菜子は篤史の太腿を撫でまわし、刷毛《はけ》で掃くように内腿をさすった。ごく微力な、それゆえ猛烈に煽情的な愛撫の仕方だった。手の側面がわずかに玉袋をかすめると、全身からどっと汗が噴きだしてきた。

白いストローハットが、股間に迫っていく。

いよいよ可菜子にフェラチオをしてもらえるのだと、篤史は身を硬くした。けれども可菜子の気品のある唇は、亀頭を咥えてこなかった。カリ首や裏筋を舐めてもこなかった。手指で握ってさえもらえないまま、白いストローハットが股間から遠ざかっていく。太腿や膝にキスをしながら、次第に爪先のほうに身体をずらしていってしまう。

（な、なんで……なんでフェラしてくれないんだ、可菜子さん……）

魂を抜かれるような強い失望感が襲いかかってくる。口腔奉仕が嫌いなら仕方がないが、可菜子は先ほど〝舐めるのが好き〟と言っていたではないか。わざと焦らして、意地悪をしているとしか思えない。

「ううっ……ううっ……」

篤史は身悶え、勃起しきった肉茎を揺すりたてた。

「オチン×ン、舐めてほしい？」

可菜子が見透かしたように言う。

「は、はい」

篤史は餌を取りあげられた仔犬のような目でうなずく。

「も、ものすごく舐めてほしいです」

「じゃあ、舐めてあげる」

「お願いします」

「でも、まだダメ。最後にね」

可菜子はツンと顎をあげた顔でつぶやくと、篤史の爪先の前で正座し、両手で右足を持ちあげた。赤い唇を割りひろげ、いちばん太い親指を口に含んだ。しゃぶりあげるように、ヌプヌプと口唇から出し入れさせた。

「ぅんっ……ぅんんっ……」

舐めしゃぶる顔を見せつけるように、上目遣いでこちらを見る。

篤史の全身は激しく震えだした。頭上のロープを思いきり引っぱって、身をよじった。

足指を包む柔らかい唇と、生温かい舌や口内粘膜の感触が、あまりにも生々しくフェラチオを想起させたからだ。にもかかわらず、肉茎には触ってもらえない。焦らし抜かれた欲望が、熱い先走り液に姿を変え、鈴口から大量に噴きこぼれていく。

可菜子はじっくりと時間をかけて、十本の足指をすべて舐めしゃぶり、それから全身に舌を這わせてきた。太腿にもお腹にも脇腹にも、ねっとりした唾液の跡を幾筋もつけた。

（た、たまんない……こんなのたまんないよお……）

全身を這いまわるヴェルヴェットの舌の感触は、さながら欲望の炎に注がれる油だった。可菜子の唾液の酸っぱい匂いと篤史の汗の匂いが混じりあって、ベッドの上には異様な淫臭がたちのぼっている。それでも可菜子は、とくに気にすることもなく、マイペースで舌を這わせつづける。

計れば十分か十五分だったかもしれないが、篤史にとっては永遠にも感じられる長い時間だった。鼓動が乱れすぎて息が苦しく、次第に目の焦点まで合わなくなっていった。

「ぅんっ！」

可菜子は最後にもう一度乳首に口づけると、篤史の太腿をまたいだ。いまにもめくれあがってしまいそうなワンピースの裾と、天井の鏡に映った丸いヒップの曲線に、篤史は悩殺される。

「あらあら、すごいお漏らししちゃってる」

可菜子は先走り液でびっしょりに濡れた亀頭を見て微笑んだ。胸もとを飾るコサージュをはずし、上体を屈めてバストを股間に押しつけてきた。猛りたった肉茎が、豊満なふくらみにむにゅっと沈みこんだ。

「ああっ……あああっ……」

篤史は裸身を震わせ、情けない声をあげた。さんざんに焦らし抜かれたあげく、思ってもみない感触のもので肉茎を刺激されたからだ。

コットンストレッチのワンピースの生地は、肌触りのいい柔らかなものだった。生地越しにブラジャーのレースの感触や、乳肉の弾力までが感じとれ、鈴口からさらに大量の粘液が飛び散った。

「ふふっ。こんなことされて興奮するなんて、あなた、本当にデパガの制服が好きなのね」

可菜子はうれしそうに、けれどもこれ以上ないほど淫蕩な顔で微笑むと、いったんベッドから降りて衝立《ついたて》の陰に隠れた。衝立にベージュ色のブラジャーがかかった。戻ってきた清楚な紺色のワンピースのなかでは、豊かに膨らんだ胸の隆起が波打つように揺れはずんでいた。

（ノ、ノーブラになって……なにを……）

身震いする篤史の太腿に、可菜子が再びまたがってくる。

「さあ、もっと興奮させてあげるからね」

恍惚とした顔で言うと、上体を屈めてきた。服の上からでも丸々とした実り具合がはっきりとわかる双乳の谷間に肉茎を挟み、両手で押し寄せた。

「う、うわあっ！」

篤史はたまらず叫んでしまった。

驚いたことに可菜子は、制服着用のままパイズリをはじめたのだった。清らかな紺色の生地に包まれた二つのふくらみが、肉茎を挟みこみ、しごきたててくる。ワンピースの生地越しにも、むっちりと豊かな乳肉の感触がまざまざと伝わってきた。それ以上に、清楚な美貌を淫ら色に染め、卑猥な愛撫に没頭している可菜子の姿に、篤史は身をよじって興奮した。

とはいえ、その刺激は手のひらでしごかれたりフェラチオされるのと違って、射精に至るような痛烈な刺激ではないから、余計に始末に負えなかった。先走り液ばかりが鈴口から飛び散っては、制服の生地に染みこんでいくのだ。

「気持ちいい？」

可菜子がささやく。篤史は答えることもままならず、ただ首筋を浮かせて身悶えるばかりだ。憧れの受付嬢の制服をイカ臭い粘液で汚す倒錯的なプレイに、興奮だけがレッドゾーンを振りきって高まっていく。

「ねえ、守矢さん。あなた、わたしにこんなことされるのを夢見て、オナニーしたことあるんじゃない？」

もちろん篤史は、可菜子を思い描いて数えきれないほどオナニーをしたことがあるけれど、こんなことは想像したことすらなかった。可菜子の淫らさは、つい一週間前まで童貞だった男の想像などはるかに超えていた。

「ほら。気持ちがいいなら、もっと我慢汁を飛ばしてみなさい。わたしは恋人にだってこんなサービスしたことがないのよ。うれしいでしょ？」

そうささやく顔は嗜虐《しぎゃく》の欲情で燃え狂っていて、倒錯したサディスティンそのものだった。たしかにこれは、本格的なＳＭプレイではないかもしれない。しかし、可菜子はやはり、男を嬲《なぶ》ることで興奮するタイプの女なのだ。いったいこれからどうなってしまうのか、考えると気が遠くなってしまいそうだ。

4

「ずいぶん汚してくれたわね」

可菜子が上体を起こして言った。ワンピースの胸もとに大量に飛び散った先走り液が、紺色の生地に染みこみ、どす黒く濡れ光っている。

「す、すいません……」

篤史は蚊の鳴くような声で謝った。神聖な制服を穢《けが》してしまった罪悪感に、胸が痛んだ。だが同時に、いよいよフェラチオをしてもらえるのではないかという期待感で、勃起がひときわみなぎっていく。

「……なんだか熱い」

可菜子は艶めかしい吐息とともにつぶやくと、ベッドから降りた。照明を絞って、室内を薄暗くした。

ちりちりと背中のファスナーがおろされ、紺色のワンピースが妖しい衣擦れ音とともに脱げ落ちる。ダークオレンジの薄い照明に、雪色の素肌が輝く。

篤史は目を見張った。

可菜子は当然、ブラジャーを着けていない。細身の身体に丸々と実った、メロンのような肉の果実に驚かされる。長々とパイズリを行ったせいだろう。まばゆいほど白い乳肉がねっとりと汗をかいていて、たまらなくいやらしい感じがした。

下肢はさらに衝撃的だった。

ナチュラルカラーのパンティストッキングに、淡いベージュのハイレグパンティ。清楚な美貌にそぐわない、いかにも生々しい下着姿だった。股間を縦に割るパンストのセンターシームに、目が釘づけにされてしまう。

可菜子はベッドに片脚ずつ乗せて、ゆっくりとパンティストッキングを脚から抜いた。

思った以上に、たっぷりとしたお尻をしていた。スレンダーな体型なのだが、佐緒里のようにツンと上を向いた小ぶりのヒップではない。逆ハート形の豊満な肉づきをしており、太腿もむっちりと逞しい。首や腕はほっそりしているし、顔立ちは清楚なお嬢さまふうだから、どことなくバランスが悪くて、それが逆に淫猥さをそそってくるボディだ。

可菜子はベージュのパンティには手をかけず、壁の鏡を見ながら言った。

「なんか帽子を被《かぶ》ったままなのって新鮮ね。このまま被っててもいいかしら?」

「は、はい」

篤史はうなずく。もちろん、望むところだった。

「脚、開いて」

ベッドにあがってきた可菜子にうながされ、篤史は両脚をVの字にひろげた。

可菜子はその間で正座して、はちきれんばかりに勃起した肉茎を見つめる。蠱惑《こわく》的に舌なめずりしながら、青いマニキュアが施された細指を伸ばしてくる。

「くぅうっ……」

親指と人差し指で張りつめた幹をつつまれた。ごく軽いタッチだったが、それだけで篤史は全身をエビのように跳ねあげた。もっと強い刺激が欲しくて、顔をくしゃくしゃに歪めた。

「ふふっ。なかなかいい顔よ。わたし、男の人が悶えてる顔って、大好き」

人差し指で、幹に浮きあがった血管をなぞる。一本ずつ指が巻きついてくる。すりっ、すりっ、と手筒が上下にスライドする。

「くっ……くぅわあっ……」

篤史はたまらずあえいでしまった。歓喜のせいではない。可菜子のつくった手筒は幹の直径よりひとまわり大きく、スライドされても手のひらが皮をかすめるくらいで、もどかしさが倍増するばかりなのだ。

可菜子はわざとらしく高い鼻をもちあげ、くんくんと鳴らした。

「あぁっ、くさい。獣の匂いがしてきた」

蔑《さげす》むように言いながらも、美貌をうっとりさせてペニスに近づけてくる。勃起の表面に吐息がかかる。不意打ちのような唐突さで、生赤い舌を躍らせ、裏筋をねっとり舐めあげてくる。

「くううっ！」

篤史は首筋を立てて悶絶した。全身がガタガタと震えだした。ベッドごと揺らしてしまい、可菜子の豊満な双乳まで震えが伝わる。

「そんなに気持ちいい？」

可菜子は淫蕩に笑い、さらに裏筋に舌を這わせる。徹底して、執拗なまでにソフトな舐め方だった。まるで舌腹のヴェルヴェットの感触だけを伝えるようにして、肉茎の裏表に唾液の光沢を纏わせていく。

「ぅんっ……」

そうしつつ、いきなりずっぽりと亀頭を咥えこんできたりするから、たまらなかった。いや、咥えるという表現は正確ではないかもしれない。一瞬口に含んで、温かい口内粘膜と舌の裏側で、頭を撫でるように亀頭をしゃぶるのだ。

（す、すげえ……なんてすげえフェラなんだ……）

佐緒里にされたバキューム・フェラも素晴らしかったけれど、可菜子の〝焦らしフェラ〟の興奮はすごすぎた。ひと舐めされるたびに勃起が内側からみなぎり、爆発しそうなほど充血していく。舐められた表面が、ソフトクリームのように溶けだしてしまうのではないかと思うくらい気持ちいい。

まだ決定的な刺激を与えられていないにもかかわらず、欲情が身の底で溶岩のように沸騰し、出口を求めて暴れだした。勃起が発する脈動が五体の隅々まで響き渡り、射精の予兆に全身がひきつっていく。

「ううっ！」

二つの睾丸が、ぐぐっと迫りあがってきた。篤史は両脚をピーンと突っ張らせ、少しでも射精に近づこうとした。

「も、もうっ……もう出そうっ……」

すると可菜子は、意地悪く肉茎から唇を離した。口もとに妖しい笑みをたたえて、篤史の両膝をつかんでくる。

「まさか、フェラでイッちゃうつもりじゃないわよね？」

両膝を持ちあげ、股間をひろげてこようとしたので、篤史は焦った。

「な、なにをっ……」

身をよじろうとしたが、焦らしフェラですっかり骨抜きにされた身体は力が入らない。可菜子は股間を開ききり、篤史を赤ん坊のオシメを替えるような格好にした。

「わたし、まだまだ舐め足りないから、イカせてあげない」

ヴェルヴェットの舌が、玉袋の筋を伝ってねちっこく這いまわる。性器と肛門を繋ぐ部分まで執拗に舐めまわされ、篤史は気が遠くなりそうになった。くすぐったいような、ぞわぞわするような奇妙な刺激に、息がとまった。

「くうっ……くぅうっ！」

うめき声をあげ、いまにも白目を剝いてしまいそうな篤史をあざ笑うかのように、可菜子の舌はさらに下に這っていった。異様な感触が訪れた。アナルのすぼまりを、生温かい舌がねとねととまさぐりだしたのだ。

「や、やめてださくいっ！　そ、そんなところっ……」

驚いて声をあげると、

「どうして？　気持ちいいでしょう？」

「き、気持ちよくなんかっ……くぅううっ！」

放置されたままだった肉茎をぎゅっと握られ、篤史はのけぞった。

「ほーら。お尻の穴を舐めると、オチン×ンもビクビクするわよ。気持ちいいんでしょう？」

可菜子はアナルに舌を這わせつつ、ゆるい手筒でやわやわと肉茎をさすりあげてくる。勃起が限界を超えて充血し、百二十パーセントまで膨張していく。

「あああっ！」

篤史はたまらず悲鳴をあげた。悪寒と快感が渾然一体となって、身体の内側を揉み抜かれるような衝撃が襲いかかってくる。舌がぬるりとアナルのなかに挿ってきたのだ。美女の舌先がすぼまりのなかでくねるようにうごめく。

「た、助けてっ！」

泣きそうな顔を可菜子に向けた。

「もうイカせてくださいっ！　可菜子さんっ！　こんなのもう耐えられない」

ここで一度射精したとしても、すぐに復活できる自信があった。それを言外に

伝えながら哀訴したが、

「ダーメ」

可菜子は冷ややかに首を振り、両膝から手を離した。

「あなたがいつイクかはわたしが決めるの。勝手にイッたら許さないからね」

「ううっ……くううっ……」

篤史は両脚を伸ばし、十本の足指を直角に反りかえらせて、こみあげる欲情をなんとかこらえた。射精がしたくてしたくてたまらなかった。頭のなかがその一点に支配され、ほかのことはもうなにも考えられない。

「それじゃあ、今度はわたしが気持ちよくしてもらおうかしら」

可菜子はベッドの上に立ちあがると、篤史の顔をまたいできた。ベージュ色のパンティがぴっちりと食いこんだ股間が、眼前に迫ってくる。

篤史は息を呑んで凝視した。こんもりと膨らんだ恥丘の下に、五百円玉ほどの染みが見えた。

(な、舐めてるだけなのに、可菜子さんもこんなに感じてたんだ……)

こみあげる欲情に身をよじりながら、ぼんやりと思った。

「たくさん気持ちよくしてくれたら、このなかでイカせてあげるからね」

可菜子は甘くささやくと、染みの浮かんだパンティに包まれた股間を、篤史の口に押しつけてきた。

5

「ぅむっ……ぅむぐうっ……」

篤史は息苦しさに目を白黒させて可菜子を見上げた。

白いストローハットが落ちないように片手で押さえて、股間を大きく割りひろげている、清楚きわまりない美人受付嬢。

剝きだされた双乳は先ほどよりさらに汗にまみれ、油を引いたようにヌラついていた。和式トイレにしゃがみこむ要領で腰をおろした格好が、たとえようもなく卑猥だった。

「ほら。早く舐めて」

可菜子が股間を前後に動かす。

発情した牝の粘液をじっとりと吸いこんだ薄布が、篤史の鼻と唇を擦りあげてくる。獣じみたフェロモン臭が鼻奥を刺激し、焦らしフェラで昂ぶりきった全身をさらに熱く燃え狂わせる。

「うっ……うあっ……」

篤史はうめきながら舌を差しだし、染みの浮かんだベージュの薄布を舐めさすった。磯の香りのする生臭いフェロモンが、口のなかいっぱいにひろがった。

「はぁああん」

可菜子の美貌がとろける。

「もっと……もっとよ……」

「むむっ……むうっ……」

篤史は鼻息を荒げ、限界まで伸ばした舌をうごめかせた。薄布に包まれた女の窪みを刺激するように、渾身の力をこめて舌を突きたてた。

「はぁああっ……はぁああんっ……」

清楚な美貌がみるみる生々しいピンク色に紅潮していく。汗まみれの双乳をはずませ、腰をひねる。

（もっとだ……もっと感じさせないと、いつまでも生殺しのままだぞ……）

篤史は筒状に尖らせた舌をくねらせ、パンティと素肌の間にねじりこんでいった。船底の薄布をめくりあげることまではできなかったが、舌先に毛の生えた柔らかい肉を感じ、脳味噌に火がついたようになる。いましめられた手がもどかしかった。もっとしっかりめくりあげて、女の割れ目に口づけたかった。

けれども、パンティの脇から舌を差しこまれるその舐め方が、可菜子にはかなり刺激的だったらしい。

「はぁあんっ！　はぁあああっ……」

気品のある唇から悩殺的な声をもらしつつ、ひときわ大胆に身をくねらせる。

舌先が敏感な部分に触れると、腰をひねって背中を反らす。

ベージュ色のパンティにできた染みが、次第に大きくなっていった。愛液をたっぷりたたえて股間に吸いつき、縦に割れた花唇の形状をくっきりと浮かびあがらせてきた。

（す、すごい……すごい濡らしっぷりだ、可菜子さん……）

眼前に現れた淫らすぎる光景に身震いしながら、篤史はさらに舌を使った。パンティに浮かびあがった割れ目の上端を、尖らせた舌でつつきまわした。そこにあるはずの女の急所を刺激してやった。

「はっ、はぁあああんんーっ！」

可菜子は甲高く叫び、篤史の顔の上から飛びのいた。美貌はすっかり淫らがましい朱色に染まりきり、肩で息をしている。欲情に妖しくとろけた黒い瞳が、勃起しきった肉茎をとらえる。

「す、すごくよかった……ご褒美をあげるわね……」

いよいよ挿入のときが訪れたようだった。

しかし、篤史は息絶えだえだった。喉が灼けるように熱く、呼吸するのもままならない。パンティの布地に、口内の唾液を根こそぎ奪われてしまったからだった。せっかく憧れの受付嬢と結合できるのなら、万全の体勢で望みたい。

「あ、あの……可菜子さん」

篤史は気まずげな上目遣いで言った。

「ちょっと水を飲ませてもらえますか。喉がカラカラで……」

「水ですって？」

可菜子は鼻白んだ顔でつぶやいた。無視するようにパンティの両脇をつかみ、悩ましく腰をくねらせながらおろしていく。左右に撥ねあがる噴水の放物線を思わせる、芸術的な黒い草むらが篤史の目を射つ。

「喉が渇いたなら、水よりもっといいものを飲ませてあげるわ」

言いながら、篤史のお腹にまたがってきた。臍のすぐ下に熱く息づく花唇がくっつき、白魚の手指が双頬を包みこんだ。

「口を開いて」

わけもわからず言われた通りにすると、可菜子は唾を垂らしてきた。赤い唇の間から白濁した唾液がこぼれ、光沢のある糸を引いて篤史の口に入る。

（うわっ……）

生温かく、ぬるりとした粘液が、灼けた喉に染みこんだ。少し甘酸っぱい匂いと味が、一瞬にして口内を占拠した。

呆然としていると、第二弾の唾が垂れてきた。思いきり口を開いて、それも受けとめる。

「もっと飲む？」

蠱惑的な問いかけに、篤史は気色ばんでうなずいた。もはや喉の渇きが問題なのではなかった。可菜子の気品のある唇から垂らされる、魅惑の液体を口に含みたい一心だった。

可菜子はもう一度、たっぷりと唾液を垂らしてくれた。それから、もう大丈夫でしょうという顔つきで身体をずらした。片脚を立てて股間を開き、勃起した屹立の上に割れ目をもっていった。

（ああっ、いよいよ……いよいよ可菜子さんと……）

篤史は瞬きも忘れて可菜子のことを凝視した。裸身を白いストローハットだけで飾った、清楚きわまりない受付嬢。その美女がいま、肉茎をつかんで花園にあてがい、自ら咥えこもうとしているのだ。

「ぅんっ！」

小さくうめき、腰を落とした。肉厚の花びらが、亀頭にぴとっと吸いついてくる。さらに腰が落ちた。勃起しきった肉茎が、花びらを内側に巻きこんで割れ目に埋まる。火傷するほど熱くたぎった女の肉が、肉茎を包みこんでくる。立てられていた片膝が前に倒れ、肉茎が根元まで埋まりきった。

「はぁあうぅっ！」

篤史の腹部に両手をついていた可菜子は、大きく背中を反らして声をあげた。白いストローハットが反動で飛び、優美にカールした黒髪が乱れ舞う。

これでお互い、一糸纏わぬ丸裸だ。

逞しい太腿に腰の両脇を挟まれた篤史は、ようやく結合を果たした美女の様子を、目を見開いてうかがった。

「はぁあぁっ……はぁあああっ……」

可菜子はしばしのけぞったまま小刻みに震えていた。やがて、ゆっくりと腰を動かしはじめた。眉根を寄せて両目を閉じ、かわりに唇を半開きにした煽情的な顔で、肉茎の大きさを確かめるように腰をグラインドさせる。蜜壺でひしめく柔肉が、生き物のようにカリ首に絡みついてくる。

（ああっ、ちくしょう。手が……手が使えたら……）

篤史は舌打ちしたい気分だった。両手を拘束されていることが、これほどもどかしいものだとは思わなかった。可菜子を抱きしめたかった。頭上で悩ましく揺れはずんでいる双乳を、揉みしだきたくてたまらなかった。

「ああっ、大きいっ……」

可菜子は噛みしめるようにつぶやくと、上体を倒してきた。丸々と実った双乳を篤史の胸板にむぎゅっと押しつけ、淫らがましく身をよじる。じっとりと汗ばんだ素肌と素肌を擦り合わせてくる。

「はぁああっ……とってもいいわ、あなたのオチン×ン」

「そ、そうですか……」

篤史は声も顔もひきつらせて答えた。ロープをほどいてくれとお願いしようと思っていたのに、可菜子のセクシーさに気圧されて、言いだすことができない。

「守矢さん、約束してね」

「は、はい?」

「……先にイッたら許さないから」

可菜子は濡れた美声でささやくと、ヒップを上下に動かしはじめた。肉茎をしゃぶりあげるように、花唇が上下にスライドしていく。たっぷりと蜜をたたえ、ひくひくと淫靡にうごめく柔肉が、肉茎を粘っこく舐めまわしてくる。

「はぁああっ! はぁああんっ!」

可菜子は熱っぽく息をはずませながら、篤史の乳首を吸ってきた。すぐに乳頭を吸いだされ、燃えるように熱くなった舌が転がしはじめる。ヒップの動きが次第に速まっていく。むさぼるように肉茎をしゃぶりあげながら、篤史の胸もとや首筋にいくつものキスマークをつけていく。

(こ、こんなの……す、すぐ出ちゃうよ……)

篤史は瞬く間に疼きはじめた射精感を、歯を食いしばってこらえた。

自分から愛撫ができず、一方的に刺激を受けるばかりだから、いつもの倍のスピードで欲情が膨らんでいくのだ。しかも、乳房を押しつけてよがっている姿ばかりでなく、四つん這いの女体が豊臀を振りたてている様子まで、天井の鏡越しにうかがえるのだ。

「はぁああっ、いいわっ！　とってもいいっ！」

篤史の気持ちも知らぬげに、可菜子の動きはヒートアップしていく。蜜壺から湿った肉擦れ音が立ちのぼり、素肌と素肌が熱い汗でヌルヌルと擦れ合う。

「うっ、うおおっ……」

たまらず篤史は、下から肉茎を突きあげた。それが自ら射精に近づく自殺行為とわかっていても、もう我慢できなかった。

「はっ、はぁおおおおおーっ！」

子宮底を凹ませる勢いでしたたかに突きあげると、可菜子は篤史の肩にしがみついてきた。そうしつつも、突きあげる律動を受けとめるように腰をグラインドさせ、ぴったりと密着した男女の肉を擦りたてる。

（も、もうダメだ……）

腰裏が疼いた。もはやどうにも誤魔化せないような勢いで、下肢全体が激しく震えだす。

ところがあと三擦りで放出だと思った瞬間、可菜子がヒップを持ちあげた。蜜壺から肉茎を半分以上引き抜いた。射精を取りあげられたすさまじい失望感に、篤史は気を失いそうになった。

「な、なんで……」

「先にイッたら許さないって、約束したよね？」

欲情に潤みきった可菜子の瞳に、嗜虐の炎が揺れていた。

「で、でも……」

篤史は唇を震わせた。

「も、もう我慢できませんよ……よ、よすぎて……」

「ふうん」

可菜子は唇のように自在に動く花唇で亀頭をもてあそびながら、まじまじと篤史の顔をのぞきこんでくる。

「わたしのオマ×コ、そんなにいい？」

「ええっ……」

気品のある唇から突然飛びだした猥褻な四文字に、篤史は絶句する。

「そうなんでしょ？　わたしのオマ×コ、気持ちよすぎるんでしょ？」

「いい……いいです」

捨て鉢に答えると、

「きちんと言いなさい」

キッと睨まれた。

「誰の、なにがいいか、きちんと言って」

「ううっ」

篤史はたじろいだ。しかし、もはや頭のなかは真っ白だった。亀頭の先端だけをチュパチュパと吸っている花びらの間に、肉茎を埋めこみ、掻き混ぜたくてたまらなかった。

「か、可菜子さんの……可菜子さんのオマ×コ、最高ですっ！」

絶叫すると、可菜子は満足げな笑みをもらした。大きなヒップを悩ましく振って、ずぶずぶと肉茎を根元まで呑みこんでいった。

「うおおおおおおーっ！」

「はぁあああううぅーっ！」

すかさずお互いの腰が動きだした。可菜子は両手で篤史の肩をつかんで腕をつっぱり、股間をしゃくりあげてくる。篤史はブリッジするように腰を浮かせて、乱れる女体を突きあげる。

「はぁあああんっ！　そんなにいいの？　わたしのオマ×コそんなにいいの？」

「いいですっ！　最高ですっ！」

「彩香よりも？　彩香のオマ×コよりもいい？」

「そ、それは……」

一瞬やけで肯定しそうになったが、彩香を裏切ることはできなかった。

「そ、そんなの比べられません！」

早口で叫び、誤魔化すように激しく肉茎を突きあげた。可菜子の豊満なヒップがパンパンと音を鳴らすほど、下から責めたてていった。

「はっ、はぁあうううううんっ！」

再び焦らし攻撃をされるかもしれないと思ったのだが、可菜子のほうも切羽つまっているようだった。淫らな言葉のキャッチボールよりも、肉と肉とのせめぎ合いに没頭しきっていく。

「はぁあああーっ！　く、口惜《くや》しいっ……口惜しいっ……」

黒髪を振り乱し、ちぎれんばかりに首を振る。このまま篤史より先に達してしまいそうな勢いだった。ゴール間近の騎手のような動きで、取り憑かれたように腰を振る。

「はぁあううーっ！　イクイクイクッ……イッちゃうううううーっ！」

ガクンッと動きがとまり、二度、三度、とのけぞった。身体中の肉という肉をぶるぶると痙攣させた。清楚な美貌が恍惚にとろけきり、盛りきった牝の顔を見せた。

篤史にも限界が迫っていた。

（あぁっ……こっちもすぐだっ……すぐ出るぞっ……）

ようやく放出できる歓喜に、身震いしながらフィニッシュの律動を送りこんでいく。アクメに達した蜜壺が、卑猥な収縮で男の精を吸いだしにかかる。

だがしかし――。

もう一歩のところで、信じられないことが起こった。可菜子が結合をといたのだ。片脚をあげて篤史の身体から降り、肉茎を両手でつかんだ。

「な、なにを……なにをするんです！」

「やっぱりなかで出させてあげない」

底意地悪く微笑んだ。〝彩香よりいい〟と断言しなかったことが、よほど気に障《さわ》ったらしい。怒りをぶつけるような激しさで、花蜜にまみれた肉茎をぎゅうっと握り、したたかにしごきたててきた。

「うっ、うおっ……」

目が眩むような快美感に、篤史は身をよじった。いままで柔らかな女肉に包まれていただけに、手筒によるピストンは痛烈すぎた。まるでなにかのボタンを押されたように、腰裏から射精感が突きあげてきた。玉袋に溜まった精液を、強制的に搾りだされるような感覚だ。

「うおっ……うおおおっ……出るっ……出るうううーっ！」

絶叫し、シーツの上をのたうちまわった。ドピュッと噴射した白濁は、可菜子の顔の上まで跳ねあがった。ぎゅっと目をつぶると、瞼の裏で金と銀の火花が散った。さんざんに焦らし抜かれたあげく、手筒によって射精を強制されたのだ。その衝撃は、いままで経験したことがないほど強烈きわまりないものだった。

「ほーら、もっと出して。たくさん出して」

断続的に訪れる発作のたびに、可菜子は勢いよく肉茎をしごきたて、熱い白濁を搾りとった。ドクドクという音が耳に聞こえそうなほどの、激しい射精が何度となく繰りかえされた。

「ううっ……くぅううっ……」

篤史はいつの間にか泣きじゃくっていた。甘美さのかけらもない、痛いほどの快美感が訪れるたびに、意識が霞んでいった。白濁した視界のなかで、淫靡に笑う可菜子の美貌だけがくっきりと浮かびあがっていた。篤史はその姿を呆然と眺めながら、最後の一滴を待たずに失神してしまった。

第六章　虹色のハーレム

1

「ねえ、大丈夫？　ねえってば？」

暗く澱《よど》んだ意識の向こうで声がした。目を凝らすとレモンイエローのセーターを着た彩香が、顔をのぞきこんでいた。

「う、うわあっ！」

篤史は驚いてベッドの上で飛びあがった。両手のロープは解かれていたけれど、まだ全裸のままだった。

「な、なんで彩香さんが？　可菜子さんは？」

布団で下半身を隠しながらあたりを見まわす。装飾過多なラブホテルの部屋は、蛍光灯がつけられ、白々とした空気が漂っていた。

「可菜子は帰った。ちょっとやりすぎちゃったかもって電話してきたから、心配になって様子見にきたの。ほら、わたしにも紹介した責任があるからさ」

彩香は申し訳なさそうに言ったが、その顔には隠しきれない好奇心が浮かびあがっていた。

「ああ見えて、けっこう激しいんでしょ、可菜子」

「は、激しいなんてもんじゃなかったですよ……」

篤史を手筒で射精に導いた可菜子は、その後すぐに二回目の結合を求めてきた。そんなに続けざまにはできないと篤史は訴えたのだが、フェラチオで強引に勃起させられ、まるで逆レイプのような感じで合体してきた。むさぼるように腰を使い、清楚な美貌からは想像もつかないような、あられもない狂態をさらしきった。結局、騎乗位で計三回の射精に導かれた篤史は、三回目の射精に至ったとき、完全に気を失ってしまったのである。

「やっぱ可菜子って超Sだった？　責めるの大好きって言ってたけど」

「そうですよ。知ってたんなら、先に教えてください」

恥ずかしさに声が尖ってしまう。

「でも、きみだってずいぶん気持ちよかったみたいじゃない？」

「そ、そんなことないです」

「涙の跡ついてるよ」

彩香はからかうように、篤史の頬を指でなぞってきた。

「ふふっ、泣くほど気持ちよかったの？　女の子みたいだね」

「もうやめてください！」

篤史は声を荒げて、彩香の手を振り払った。

怒ったふりをしたのは、半分図星だったからだ。可菜子とのセックスは、地獄のようでもあり、天国のようでもあった。両手を縛られて一方的に舐めたり、結合されたりするのは、男としてのプライドをしたたかに傷つけられたけれど、悪魔的な快楽があり、自分はもしかしてマゾかもしれないという恐ろしいことまで考えたのだった。

しかし、それを彩香の前で認めたくなかった。

そもそも可菜子と寝たのは、彩香を我がものにするための作戦だった。相手が憧れの受付嬢だったのは偶然の僥倖《ぎようこう》にすぎない。この奔放で、天真爛漫なナンバーワン・エレベーターガールを独り占めするために、気乗りのしないベッドインを引き受けたのである。

「ごめんね」

不意に彩香に抱きしめられた。

「ホントはからかいにきたわけじゃないの。可菜子もきみにすごく感謝してたし、お礼を言いにきたんだよ」

セーターに包まれた豊満な乳房に口を塞がれ、息ができなかったけれど、篤史は彩香の優しさに胸が熱くなった。彩香の身体からは、可菜子には感じられなかったミルクのような匂いが漂ってきて、とても気分が安らいでいく。

「……彩香さん、覚えてますか？」

篤史が声をあげると、彩香は抱擁をといて目を合わせた。

「なあに？」

「可菜子さんと寝れば……その、なんでも言うことを聞いてくれるって約束しましたよね」

「もちろん覚えてるよ。指きりげんまんしたじゃない」

にっこりと笑みをこぼす。

篤史はベッドの上に正座した。意を決するように何度か深呼吸し、パンクしそうなほど高鳴っている心臓を押さえながら言った。

「結婚してください」

「はあ?」

天使の美貌が凍りついたように固まった。大きな目が真ん丸に見開かれ、ふっくらした赤い唇が小刻みに震えだす。

(ま、まずい……はずしちゃったか……)

篤史は焦り、誤魔化すようにあわてて言葉を継いだ。

「いや、その……結婚はちょっと大げさですけど……」

「あー、びっくりした。いきなりとんでもないこと言いださないでよ」

彩香はとめていた息を吐きだし、赤く火照った顔を両手でパタパタと扇ぐ。

篤史は正座した両膝を握りしめ、思いの丈を彩香にぶつけた。

「で、でもぼく、彩香さんのこと、本気で好きになっちゃったんです。だから、ぼくだけの……ぼくだけの彼女になってくださいっ!」

「うーん」

彩香は困惑しきりの顔になり、気まずげに視線を宙に泳がせた。

「気持ちはうれしいけど、彼氏と彼女なんてつまらないよ。いいじゃない、セフレのままで。それがいちばん愉しいよ」

「そ、そうでしょうか？」

「そうだよ」

「あのう……」

篤史は上目遣いで彩香の顔をのぞきこんだ。

「やっぱり、ぼくのほかにもセフレがいるんですよね？　彼氏かもしれないですけど」

「いまはいないよ。きみが唯一の欲望の捌《は》け口」

彩香は明るく笑い、

「でも、いつできるかはわからない。わたし、我慢できない性格だから」

きっぱりと言いきった。

「じゃあ、結婚を前提としたお付き合いとかは……」

「そんなの無理。結婚なんて当分考えたくないもん。セフレがいやなら、二度ときみとはエッチしないよ」

篤史は言葉につまった。

セックスフレンドであることを拒否してしまうには、彩香は魅力的すぎた。もっと彼女を知りたかった。またエレベーターのなかで繋がりあってみたかったし、ベッドの上でじっくり肌と肌を擦り合わせてもみたかった。レモンイエローのセーターに包まれている肉感的なボディを見ていると、自動的に垂涎の揉み心地が想起され、もう一滴も出ないほど可菜子に搾りとられたはずなのに、勃起してしまいそうだった。

「元気出しなよ」

彩香が悪戯っぽく腹をつついてくる。

「きみのこと、セフレとしてはけっこう気に入ってるからさ。エッチなお願いだったら、なんでも聞いてあげるし。いいでしょ、それで?」

「わ、わかりました……」

うなずくしかない篤史だった。ひとまずセフレの関係を継続させ、いずれは心も奪えるように精進するしかないだろう。

「そうだ。ぐずぐずしていると電車なくなっちゃうよ」

彩香が腕時計を見て言った。

「きみ、ここに泊まっていく? わたしは帰るけど」

「ぼくも帰ります」

あわてて服を着け、ホテルを出た。憧れの可菜子とまぐわえることができたことなど、すでに遠い過去のものになっていた。それ以上に彩香との関係を進展できなかったショックが大きく、がっくりと肩を落としたまま帰宅の途につかなければならなかった。

翌日は、心に風穴が開いた状態で仕事をしなければならなかった。接客をしていても、ストック整理で汗を流していても、すぐにぼうっとしてしまい、何度もフロア長に小言をもらった。

（おれって、本当に彩香さんのことが好きだったんだな……）

時間が経つにつれ、そのことを思い知らされた。

おそらく、関係を結ぶ前に告白し、断られたのなら、高嶺《たかね》の花だと諦めもついたことだろう。しかし、二人はあれほどのエクスタシーを共有した仲なのだ。なのになぜ、彩香は受けいれてくれないのだろう。自分だけのステディな彼女になってくれないのだろう。

フロアでぼんやりしていると、ワインレッドの制服が近づいてきた。

「どうしたの、元気ないね？」

耳もとでささやいてくる佐緒里。

「いえ、べつに……」

篤史は伏し目がちに答えた。

「ねえ、今夜デートしようよ」

細い肘で脇腹をつつかれる。

「わたし、明日休みなんだけど、守矢くんもでしょう？」

「……ええ」

「わたしのマンションに泊まりにきなさいよ。この前のお礼に、今度はわたしがたっぷりサービスしてあげちゃうから」

篤史は気まずげな苦笑を返した。

佐緒里はやはり颯爽とした美女で、側にいるだけで華やかな気分になる。おまけに、この前の野外セックス以来、こちらを見る目にあからさまな好意が感じられた。悪い気持ちはしなかったし、泊まりに行けばきっと、ものすごく充実したセックスができたりするのだろう。

しかし、いまはとてもそんな気分にはなれなかった。彩香への想いが胸につかえて、ほかの女とセックスしても愉しめそうもない。

「ぶ、不器用ですから」

篤史が言うと、

「はあ?」

佐緒里は鳩が豆鉄砲を食らったような顔をした。

「意味がわからないけど」

「いや、その……とにかくデートは無理です」

篤史は言い置くと、佐緒里の言葉を待たずにその場を後にした。怒らせてしまっただろうと思い、怖くて後ろを振りかえれなかった。

お昼前に、彩香からメールが届いた。

『昨日はお疲れさまー。早速だけど、今日、七番のときに会えない? 二時に地下の隠れ家で待ってるから』

篤史は佐々木に頼みこんで休憩のシフトを交代してもらった。

少し早めに地下三階に降り、プレハブ小屋をのぞいた。彩香はまだ来ていなかった。螢光灯をつけ、畳の上に寝ころんだ。

（彩香さん、またエレベーターのなかで痴漢されちゃったのかな……）

それで我慢できなくなって、呼びだされたような気がした。篤史のことを〝欲求不満の捌け口〟だと断言していたし、これからもこんなふうに呼びだされては、逢瀬を重ねることになるのだろう。

（でも、いまはほかにセフレはいないって言ってたし、満足すべきなのかもしれないな……）

なにしろ相手はＺデパートのナンバーワン・エレベーターガールなのだと、自分を慰めてみる。恋人同士にはなれなくとも、あの悩ましすぎるボディを思いのままにできるのだ。仕事中に秘密の隠れ家でするエレガとのセックス。考えてみれば、こんな幸運な立場はざらにはないかもしれない。

（ああっ、彩香さん……彩香さん……）

目を閉じれば、パールピンクの制服を着た彩香を後ろから貫いたときのことが、ありありと瞼の裏に浮かんでくる。自分でも驚くくらいに興奮し、彩香をイキまくらせた。あんなふうに刺激的なセックスを重ねていくことで、いつかその心も奪いとってしまいたい。

気がつけば勃起していた。

あお向けに寝ていると股間のテントが丸わかりになってしまうので、身体を起こしてあぐらをかいた。ちょうどそのとき、扉が開いて彩香が顔をのぞかせた。

「早いね」

「あ、いえ……」

篤史は照れた顔で頭をさげる。黄色いエレガの制服制帽に身を包んだ彩香を、久しぶりに見た気がした。やはりまぶしいほどに綺麗だった。

「ほら、なにやってるのよ?」

彩香が入口で誰かの腕を引いている。ほかにも連れがいるようだ。

彩香に背中を押されて入ってきたのは、可菜子だった。

篤史は驚いて身を固くした。昨夜見せつけられた彼女の淫らな本性が、一瞬にして脳裏に甦った。

「……どうも」

恥ずかしげに美貌を紅潮させた可菜子は、目を合わせずに、ちょこんと頭をさげてきた。

2

畳の上に三人で車座に座った。

昨日、ピザハウスで会ったときは、彩香も可菜子も私服だった。あらためて制服姿の二人を前にする感動に、篤史は鼓動を乱していく。

エレベーターガールの黄色い制服と、受付嬢の紺色の制服。普通なら並んで見ることなどできない、たいへん貴重なツーショットだ。ほんの少し前までは、休憩時間に彼女たちの姿を遠目に見るだけで胸を躍らせていた。その二人と肉体関係を結べたなんて、考えてみれば夢のような話である。

（しかし、なんで可菜子さんを連れてきたんだ、彩香さん……）

上目遣いにチラチラと様子をうかがっていると、

「あのね、守矢くん」

彩香が口を開いた。

「可菜子ってば、きみのこと気に入っちゃったんだって。だから、また逢いたいのよね。そうよね、可菜子？」

「……うん」

羞じらいに頬を赤く染めてうなずく。昨日二人きりになったときとは、まるでキャラクターが違っているのがおかしい。

「いいよね、守矢くん。これからも可菜子と時々逢ってあげても」

「いや、あの……」

篤史は戸惑った。昨日は〝今夜一回だけ〟と言っていたのに、いったいどういう心境の変化だろう。

「でも可菜子さんには、付き合っている人がいるんですよね？　三人も……」

「だから、それは恋人でしょ」

彩香が唇を尖らせる。

「わたしが言ってるのは、セフレ。セックスフレンド！」

「やだ」

可菜子が彩香の太腿に手を置いた。

「そんな露骨に言うことないじゃない」

「ごめん。でも、こういうことははっきり言っておいたほうがいいの。守矢くん、勘違いしちゃうかもしれないし。プロポーズされたりしたら、可菜子だって困っちゃうでしょう?」

「まあ、そうだけど」

可菜子はうなずき、気を取り直すようにツンと澄ました顔をつくってから篤史を見た。

「昨日は先に帰っちゃってごめんなさい。でもわたし、とっても愉しかったわ」

「そ、そうですか……」

「あなたは?」

「いえ、その……なんというか……愉しかったですけど……」

「じゃあ、また逢ってもらえるかしら。こっちから一回だけって言っておいたのに悪いけど、でも、あなたみたいなパートナーがいたらいいなって、ずっと思ってたの」

「いや、あの……ぼくなんかのどこがよかったんですか?」

不思議に思って、つい訊ねてしまった。

「それは……素直なところかしら。なんでも言う通りにしてくれたし、そのわりには反応もよかったし……これ以上は、彩香の前じゃ言いにくいけど」

察してほしいとばかりに、細めた目でじっと見つめられる。

（ま、まさか、ぼくにマゾの素質があるっていうんじゃないだろうな……）

ちょっと怖い気もしたが、可菜子に責められっぱなしのセックスは、それはそれで刺激的だった。昨日はいきなりだったので驚いたが、次はもっと愉しめるだろう。鞭やロウソクを使わないソフトＳＭなら、もう一度付き合ってみたい気がする。

とはいえ――。

こんなふうに可菜子を連れてきたりして、彩香はまったく平気なのだろうか。いくら親友だからといって、セフレを共有することに嫌悪感はないのだろうか。

恨めしげに彩香を見ると、

「あ、わたしなら、平気だから」

彩香が先まわりして言った。

「彼氏だったら浮気されたらいやだけど、セフレだし。きみが可菜子で技を磨いてくれれば、わたしだって愉しめるし」

あっけらかんと言うので、篤史は少し淋しくなった。彩香はあくまで、篤史のことを恋人候補とは考えてくれないらしい。

「……わかりました」

篤史はほとんどやけくそでうなずいていた。

「ぼくなんかでよければ、可菜子さんのセフレにしてください」

「よかった」

可菜子と彩香が顔を見合わせてにんまり笑う。

その顔にまったく罪がなかったので、篤史はますます淋しくなった。

よく考えてみれば、かつて〝彼女候補リスト〟の上位を独占していた二人を、同時にセフレにできるのだ。宝くじが当たったような幸運に匹敵するかもしれないのに、心は沈み、顔がこわばる。

と、そのとき、突然プレハブ小屋の扉が開いた。

「ふうん。こういうことだったんだ」

「さ、佐緒里さん……」

ワインレッドの制服を着た美女の登場に、篤史は肝を潰した。彩香と可菜子も揃って目を見開いた。

それを尻目に佐緒里は、悠然とパンプスを脱ぎ、畳にあがって車座に加わってきた。

「ど、どうしたんですか、佐緒里先輩?」

彩香が上目遣いでおずおずと訊ねる。

デパートの人間関係は完全な縦社会で、先輩に逆らうことなど許されない。とくに佐緒里は各フロアのお局さまにも一目置かれている存在だから、さすがの彩香でも天真爛漫には振る舞えないのだ。

「いまの話、外で聞かせてもらったわ」

佐緒里は言い、わざとらしく間を置いた。佐緒里は佐緒里で、自分が目上の人間であることを充分に意識させる振る舞いをする。逆らったらどうなるかわかってるわよね、という無言のオーラを発している。

「実はね、守矢くんに唾をつけたの、わたしがいちばん最初なの」

「そ、そうなんですか？」

彩香と可菜子が顔を見合わせ、すぐに篤史を見た。

「そうよね、守矢くん」

佐緒里に脇腹をつつかれ、

「ええ、まあ……」

篤史は仕方なくうなずいた。

「……き、きみも隅に置けないねえ」

彩香が怯えきった声でつぶやく。大変なことになったと、可憐な顔をひきつらせている。

佐緒里は全員の顔をゆるりと眺めながら言った。

「もちろん、わたしだって彼を独占しようって気はないのよ。ないんだけど、セフレの仲間に入る権利はあると思うんだけどな……ダメ？」

「ダメじゃないです！」

彩香は背筋を伸ばして言った。

「全然かまわないです。ねえ、可菜子。二人で共有するのも、三人で共有するのも、同じだもんね。いいよね？」

「う、うん」

可菜子は困惑顔でうなずく。彩香よりずっとナイーブそうな彼女は、佐緒里の登場とこの展開に、さすがに戸惑っているようだ。

「じゃあ、どうやって彼をシェアするか決めましょうか」

彩香が音頭を取り、女三人が話し合いをはじめた。

（なんだよ、彩香さん。佐緒里さんにはずいぶんペコペコするんだな……）

先輩の顔色を異常に気にしている彩香は、かっこ悪かった。デパート内の人間関係を考えれば仕方がないのかもしれないが、それにしてもこうまで露骨に態度を豹変させるとは、驚きを通り越して呆れてしまう。

「まさか、佐緒里先輩まで守矢くんに目をつけてるとは思いませんでしたよぉ。彼って、頼めばなんでもしてくれるんですよねぇ。わたしなんて、長年の夢だった痴漢プレイに付き合ってもらったんですぅ」

「へえ。わたしも夢を実現してもらったの。公園で青カン」

「さ、佐緒里先輩も、けっこう大胆ですねぇ」

わざとらしくはしゃぐ彩香に乗せられて、佐緒里も次第に打ち解けてきた。楽しげに笑い合いながら、三人は篤史の身体で欲望を埋め合わせるスケジュールを決めていく。

篤史自身は完全に蚊帳《かや》の外だ。

（ぼくって、いったいなんなんだろう……）

だんだん腹がたってきた。いくら欲求不満の捌け口とはいえ、残業のシフトを決めているのではないのだ。彩香も可菜子も佐緒里もそれぞれに魅力的だし、セックスできるのはうれしいけれど、こんな扱いはあんまりだと思う。

「あのね、守矢くん」

彩香が手帳を片手に篤史を見た。

「とりあえず今週は、火曜日が佐緒里先輩で、水曜日が可菜子で、土曜日がわたしでいいかな？　いちおう、みんな週に一回ずつってことにしたんだけど」

「勝手なことばっかり言わないでください」

篤史は尖った声で言いかえした。どうせ三人ともステディな彼女にはなってくれないのだろうと思うと、すべてが馬鹿馬鹿しくなってきた。

「なに怒ってるのよ」

彩香が頰を膨らませる。

「ぼくの……ぼくの意見だって聞いてくれたっていいじゃないですか」

「言えばいいじゃない。意見があるなら」

彩香は苦笑したが、顔には〝文句あるの？〟と書いてあった。佐緒里と可菜子も、急に怒りだした篤史に冷ややかな目を向けている。もう全員に嫌われたっていいと思う。

「じゃあ、言いますけど……」

篤史は思わず立ちあがった。頭のなかは真っ白だった。

「ぼくがしたいのは……したいのは……いまここで４Ｐです！」

突然口をついて出た言葉に、篤史自身も驚いてしまった。本心からそんな欲望があったわけではない。あまりに自分勝手な三人を、困らせてやりたくなったのである。

3

「よ、4Pですってっ？」

三つの美貌がいっせいに凍りついた。その顔を見て、篤史は思った。奔放な彼女たちとはいえ、さすがに複数プレイの経験はないのだ。これは本当に、全員に嫌われてしまうかもしれない。

だが、もう後には引けなかった。

「セフレ、セフレって馬鹿にしてえ。ぼくだって本当は彼女が欲しいのに、そこまで馬鹿にするなら、言いたいこと言わせてもらいますよ。いまここで4Pができないなら、セフレなんてこっちからお断りだ！」

早口でまくしたてた。篤史の剣幕に気圧された三人が、顔を見合わせる。

「ど、どうする？」

彩香が可菜子にささやく。可菜子は美貌を凍りつかせたまま、言葉を発することもできない。

彩香は苦笑いしながら今度は佐緒里を見て、

「どうしましょうか？」

「わたしに聞かれても……」

佐緒里も弱りきった顔で苦笑をもらすばかりだ。

「……ねえ、あんまり無茶なこと言わないでよ」

彩香は篤史に向き直ると、急に媚びたように身をくねらせながら言った。

「二人きりのとき、うーんとエッチなことしてあげるからさあ。4Pなんてやめようよ」

「そうよ、いくらなんでも4Pは無理」

佐緒里が続く。

「わかりました。無理ならいいです。もういいです」

引っこみがつかなくなった篤史は、吐き捨てるように言って出口に向かった。

と、可菜子が濃紺の制服を躍らせて腰にしがみついてきた。

「わたしは無理じゃない」

「ええっ！」

彩香と佐緒里が驚愕の声をあげる。

可菜子は篤史の腰に抱きついたまま二人を見て言った。

「彼がしろっていうなら、3Pでも4Pでも、わたしは平気」

いちばん羞恥心が強そうな可菜子が見せた反応に、篤史は驚いた。恐るおそる顔をのぞきこむと、

「昨日のお礼。わたし、本当に愉しかったし、先に帰っちゃって悪かったし……」

恥ずかしげに口籠もりながら言う。だがその瞳の奥には、彩香と佐緒里への対抗心が垣間見えた。篤史を独占したいという、したたかな欲望が伝わってきた。

「いや、あの……可菜子さん、べつに無理しなくても……」

自分で求めておきながら、篤史は尻込みしてしまった。

だが、可菜子の決意は本物のようで、

「舐めてあげるね」

仕事用の透明なマニキュアが施された細指で、篤史のベルトをはずしはじめた。そうしつつ、ズボンの上からやわやわと揉まれたので、肉茎はすぐに勃起し

た。可菜子がズボンとブリーフをさげおろすと、唸りをあげて下腹に貼りついた。

「ふふっ、すごい元気。昨日あんなに出したのに」

涼やかな目もとをねっとりと赤らめてささやくと、仁王立ちになっている篤史の足もとに膝を揃えて正座した。気品のある唇をOの字にひろげて、先端をぱっくりと咥えこんだ。

生温かい舌と口内粘膜に亀頭を包みこまれ、篤史は激しく腰をわななかせた。あまりに大胆な彼女の振る舞いに、圧倒されて声も出ない。

「ぅんんっ……ぅんんんっ……」

可菜子は昨日のように焦らすことなく、いきなり唇をスライドさせてきた。紺色のフェルト帽の下で、清楚な美貌がみるみる真っ赤に染まっていく。人前でフェラチオをしていることが、さすがに恥ずかしいのだろう。その羞恥を振りきるように、じゅるっ、じゅるじゅるっ、と聞こえよがしに破廉恥な音をたてて、さらに激しく吸いたててくる。

篤史はこみあげる快美感に身震いしながら、彩香と佐緒里を盗み見た。

二人とも目を真ん丸に見開き、あんぐりと開いた口に手をあてている。いきなり目の前ではじまったオーラルセックスに腰が抜けてしまったのだろうか。部屋から出ていくこともできず、肉茎を舐めしゃぶる可菜子を呆然と見守るばかりだ。

と、篤史の視線に気づいた彩香が、ひきつった声で言った。

「ず、ずるいよ、可菜子……自分だけいい子になって……わたしも参加する」

佐緒里を残して、四つん這いでこちらに這ってきた。

佐緒里はひとり取り残されたショックに、赤く染まった双頬をぴくぴくさせている。彼女はプライドも高いが負けん気も強い。すぐに二人の後輩に出し抜かれてたまるかという顔になると、彩香に続いてこちらに這ってきた。

「わたしにも舐めさせて」

「わたしにも」

彩香と佐緒里は、可菜子を両脇から挟む格好で正座し、篤史の股間に顔を近づけてきた。可菜子が仕方なさげに口唇から亀頭を抜く。唾液のしたたる三枚の舌が、妖しく躍りながら亀頭をチロチロと舐めまわしだす。

（う、うおおおっ……す、すげえ……）

篤史は背中をのけぞらせ、両膝を震わせた。可菜子の舌が裏筋を上下に舐め、彩香と佐緒里の舌が両側からカリ首をまさぐってくる。男の性感を熟知した三枚の舌による波状攻撃に、全身の血が逆流していく。

おまけに見た目がすごすぎた。紺色と黄色とワインレッドのフェルト帽がそろい踏み、たったひとつのペニスを巡って、麗しい美女たちがいっせいに舌を伸ばしているのだ。

三人とも羞恥に美貌を紅潮させ、お互いの目をけっして見ない。舌の動きだけが競い合うように淫らさを増し、エスカレートしていく。

「ぅんんっ！」

佐緒里が亀頭を口に含んだ。続いて可菜子が、そして彩香が、特大の飴玉を口唇でリレーするように次々に口に含んでは舐めしゃぶってくる。妖しい光沢を放つ唾液の糸が、肉茎と美女の唇を結んでは切れる。

「ねえ、立ったままじゃやりにくい」

彩香が身体を押し倒してきた。

畳の上にあお向けに寝かされた篤史は、ズボンとブリーフを足から抜かれ、三人がかりで股間を大きくひろげられた。

「ぅんんっ！」

すかさず彩香がぱっくりと肉茎を咥えこみ、佐緒里が玉袋を口に含んだ。ヴェルヴェットのような可菜子の舌が、アナルの皺をねちっこくなぞりはじめる。

「うっ、うわあああっ！」

三点責めのすさまじい快感に、篤史は声をあげて身をよじった。たまらなかった。彩香がじゅぽじゅぽと亀頭を啜り、佐緒里が睾丸をしたたかに吸いたててくる。昨日、可菜子によって目覚めさせられたばかりのA感覚が妖しく疼く。

（ダ、ダメだ……このままじゃ、出ちゃう……）

篤史はこみあげる射精感を、歯を食いしばって必死にこらえた。このまま出してしまえば、三人がかりで精液を吸いとられただけで終わってしまう。せっかく4Pができるチャンスなのに、それではあまりにももったいない。

「ま、待ってください！　舐めるのはもういいです」

切羽つまった声をあげ、畳の上を後じさって三人から逃げた。

「ぬ、脱いでくださいよ。ぼくだけこんな格好じゃ、4Pになりませんから」

唾液で唇を濡らした三人の美女が、揃って息を呑んだ。

「脱ぐって……全部脱ぐの？」

彩香がチラと篤史を見た。可憐な美貌は生々しいピンク色に紅潮し、羞恥に歪みきっている。

「いえ、その……」

篤史は少し迷ってから言った。

「下だけでいいです。スカートと下着だけ脱いでください」

全員揃って全裸になりたい気もしたが、三色揃ったデパートガールの制服を脱がしてしまうのが惜しすぎた。

「わかった」

可菜子はツンと鼻をもちあげてうなずくと、立ちあがった。両手を後ろにまわし、紺色のタイトスカートのファスナーをおろしていく。いちばんおとなしそうな容姿をしているのに、誰よりも決断力があるのが彼女だった。反対に、いつもは歯切れがいい彩香と佐緒里の腰は重い。

妖しい衣擦れ音を残して、可菜子のスカートが畳に落ちた。

ナチュラルカラーのパンティストッキングと、レースの縁取りがされたベージュ色のパンティが露になる。

「佐緒里さん。脱ぐ気がないなら、出ていってもらえませんか」

可菜子がパンスト姿の下肢をもじつかせながら、しかしきっぱりと言い放った。

「彩香もよ。見られてると恥ずかしいから」

「ま、待ってよ」

「誰も脱がないとは言ってないでしょ」

彩香と佐緒里は、焦って立ちあがった。震える手指でスカートをおろした。ナチュラルカラーのパンストは、三人ともほぼ同じデザインだった。その下のパンティは、彩香が白のハイレグで、佐緒里が黒いレースだ。

（女のパンスト姿って、なんでこんなにいやらしいんだろう……）

篤史はゴクリと生唾を呑みこんだ。

豊かな下肢をまっぷたつに縦に割る、淫らがましいセンターシーム。悩殺的に綾をなす女のカーブを包みこむ、光沢質のナイロン。ウエストからヒップに流れる曲線から、成熟した女の色香がむんむんと漂ってくる。しかもそれが三人も並んでいるのだから、圧倒的な迫力だ。

「じゃあ、脱ぐわね」

可菜子が言い、三人は揃ってパンストのウエストを指でつまんだ。素肌に密着したナイロン皮膜を丁寧に剝がし、中腰になっておろしていく。三人の脚は、ナイロンの光沢を失ってなお、まぶしいほどに白く輝いていた。すんなりと長い、佐緒里の美脚。むっちりと張りつめた、彩香の太腿。可菜子の太腿も、清楚な美貌に似合わないほど逞しい。

可菜子がぐっと奥歯を嚙みしめ、パンティの両脇をつかんだ。彩香と佐緒里も、羞恥に顔を歪めながらそれに続く。ベージュ、白、黒のパンティがいっせいにおろされ、篤史の目の前に想像を絶する淫らな光景が出現した。

4

（す、すげえ……）

篤史は血走った目を皿のようにひん剝き、全身を小刻みに震わせた。美女三人の唾液を纏った肉茎が、びくびくと跳ねあがっておかしくらいに下腹を叩いた。

紺色、黄色、ワインレッドの制服に包まれた麗しいデパートガールたちが、下半身剝きだしで並んでいた。脚をモデル立ちに交差させ、両手を重ねて草むらを隠し、羞恥に美貌を歪めている様子がセクシーすぎる。

「どうすればいい？」

可菜子がピンク色に染まった双頰をピクつかせて言う。

「今日はあなたの好きにしていいわ。なんでもしてあげる」

「そうだね」

彩香が白手袋で陰毛を隠した下肢をもじつかせながら言った。

「わたしたちもしたいことに付き合ってもらったんだから、今日はきみの夢に付き合ってあげるよ」

佐緒里もうなずき、

「そのかわり、次のデートでたっぷりリクエストに応えてもらうからね」

三人は目配せし、覚悟を決めるようにうなずき合う。

「さあ、どうすればいいの？」

「ど、どうすればって……」

篤史は口籠もった。興奮のあまり脳味噌が煮立ったように熱くなり、まともな思考ができなかった。だいたいからして、まさか本当に4Pができるとは夢にも思っていなかったのだ。憧れの美女三人の女陰を同時に味わうなど、あまりに図々しくて妄想すらしたことがない。

（と、とりあえず恥ずかしいところをもっとよく見てみたいけど……）

どのような格好がいいかあれこれ考えた。三人並んで出産ポーズになってもらうか、あるいは揃ってお尻を向けてもらうか……。

「あ、あのう……それじゃあ……みなさん四つん這いに……」

消え入るような声で言うと、

「はっきり言いなさいよ！」

佐緒里が声を荒げた。

「あなたが恥ずかしがってると、こっちまで恥ずかしくなってくるんだから。男らしく仕切ってみなさい」

「す、すいません……」

篤史は泣きそうな顔で謝った。それから、お腹にぐっと力をこめ、叫ぶように言った。

「よ、四つん這いになってください！　こっちにお尻を向けて！」

言ってから、出産ポーズにしなくて本当によかったと思った。四つん這いなら彼女たちと顔を合わせずに、恥ずかしいところだけを心ゆくまで観察できる。

「わかったわ」

三人は美貌をひときわ紅潮させつつ、おずおずと篤史の言葉に従った。

篤史から見て、左側が紺色の制服の可菜子、真ん中が黄色い彩香、右側がワインレッドの佐緒里である。

それぞれ畳に膝をつき、ヒップを篤史に向けてくる。横一列に並んだ、白く輝く肉丘がまぶしい。三つの桃割れがこちらに向けられ、その間から、こんもり膨らんだくすみ色の肉饅頭が三つ、顔をのぞかせる。

（う、うおおおおっ！）

篤史は雄叫びをあげてしまいそうになった。

Ｚデパートの美女トップスリーによる、女の恥部の競演。牝のフェロモンがむっと匂いたつような、垂涎の光景だ。

ひと口に恥部と言っても、よく見れば、一人ひとりかなり形状が違った。

くすみ色がいちばん強いのが、佐緒里だ。しかも割れ目付近まで陰毛が生えているから、いかにも獣の性器のようである。縁が妖しく黒ずみ、縮れて合わさっている花びらもいちばん発達し、ひどく卑猥な感じがする女性自身だ。

彩香は逆に、割れ目付近が無毛に近い。肉饅頭のくすみ方も赤みが強いアーモンドピンク色だ。小動物の舌のような花びらは小さめで、四つん這いになっただけで奥の粘膜までチラチラ見え隠れしている。

可菜子の肉饅頭はいちばんくすんでおらず、花びら以外は素肌に近い色だった。しかし、陰毛の濃密さは佐緒里以上で、花びらのすぐ脇まで縮れ毛が生えている。花びら自体もよく発達しており、面積は佐緒里に負けるが、厚みなら可菜子のほうが上かもしれない。

「……ひ、ひろげてください」

篤史は身震いしながら、本能のままに言葉を発した。

「恥ずかしいところを自分でひろげて、もっとよく見せてください」

「な、なんでそんなこと？」

佐緒里が振りかえってキッと睨んでくる。だが、三つ並んだ女陰を見て興奮しきっている篤史は、血走るまなこで負けじと睨みかえした。

「今日はぼくの夢に付き合ってもらえるんですよね？　そうですよね？」

「し、しようがないな……」

佐緒里は篤史の勢いに気圧され、羞恥に身悶えながら右手を股間に伸ばしていった。可菜子と彩香もそれに続く。艶やかな女の花が三輪、篤史の眼前で次々に咲き乱れていく。

割れ目のひろげ方も、粘膜の色艶も、それぞれ個性的だった。

佐緒里はお腹の方から股間に手を伸ばし、人差し指と親指を左右の花びらにあてがって、輪ゴムを伸ばすように割れ目をひろげていた。粘膜は三人のなかでいちばん赤い濃紅色だ。

一方、彩香は背中のほうから両腕を後ろにまわしていた。白手袋に包まれた両手で双臀をつかんで、大胆に桃割れごとひろげている。粘膜はピンクとオレンジを混ぜ合わせたような珊瑚色。赤く充血した花びらの内側から中心へ向けてのグラデーションが鮮やかで、三人のなかでいちばんカラフルだ。

可菜子は、佐緒里と同じようにお腹の方から右手を股間に伸ばしていた。佐緒里との違いは、人差し指と中指を使ってVサインをつくり、その間から粘膜をさらしているところだ。いちばん淫靡な割れ目の見せ方だと思った。だが、粘膜の色艶はもっとも控えめで、清楚な容姿に似つかわしい、ごく薄い桜色だ。

「そ、それじゃあ、順番に舐めさせてもらいます」

篤史はスーツの上着を脱いで、ネクタイを緩めると、可菜子の豊臀を両手でつかんだ。先ほど先陣を切ってフェラチオをしてくれたので、そのお返しの意味をこめて、彼女を真っ先にクンニすべきだと思ったのだ。

ダラリと舌を伸ばし、Vの字にさらけだされた粘膜を舌先ですくってやる。

「うっぐっ……」

可菜子は声こそこらえたものの、腰を大きく跳ねさせ、すぐに割れ目をひろげていることができなくなった。

篤史は、豊かな桃割れを両手でつかんで大きく左右に割り、クリトリスが隠れているはずの肉の合わせ目からアナルに向かって大胆に舐めあげていった。

「うぐっ……ぐぐっ……」

可菜子が悶える。息を呑んで様子をうかがっている彩香と佐緒里の手前、声を押し殺し、身を固くしているけれど、割れ目からはみるみる発情のエキスが溢れてきた。誰よりも先にクンニリングスをされているシチュエーションが、刺激になっているのかもしれない。

彩香のヒップに移った。

可菜子同様、桃割れをひろげて舌腹で割れ目からアナルまで舐めあげていく。

「あっ……あんっ……」

可菜子が悶えるところを見て刺激を受けたのか、粘膜はすでにしっとりと濡れ湿っていた。舌を立てて膣口をほじってやると、丸いヒップをぷりぷり振って歓喜を示し、しとどに花蜜を漏らしはじめた。ヨーグルトのように酸味の強い味が、なんだかいやらしい。

（ふふっ、彩香さん、ちょっといじめちゃおうかな……）

篤史はわざと、じゅるじゅるっと下品な音をたてて花蜜を啜った。さすがに恥ずかしいらしく、彩香は鼻奥でひいひいとすすり泣いて身をよじった。

佐緒里に移り、ワインレッドの燕尾服をまくりあげた。

可菜子に彩香と、豊満なヒップを相手にしてきたので、佐緒里のお尻の小ささがひときわ目立った。脚が長いから、四つん這いになるとヒップの位置が誰よりも高く、ツンと上を向いて見える。

篤史は、肉の薄い双臀を両手でひろげ、桃割れに鼻面を押しこんでいった。

「あ、あううっ……」

佐緒里の淫裂は、濃密な味と匂いの粘液ですでにぐっしょりに濡れまみれていた。複数プレイにいちばん乗り気じゃなかったくせに、いちばん身体は燃えているらしい。大ぶりの花びらを片方ずつ口に含んで舐めしゃぶり、充血しきった真珠肉を舌で転がした。蜜壺に指を入れて掻き混ぜると、ぐちょぐちょと湿りきった肉擦れ音がたちのぼってきた。

「あぅうぅっ……あぁぅうぅっ……」

佐緒里は声こそ必死でこらえようとしているものの、四つん這いの背中を波打たせ、激しいばかりにヒップを振りだした。

美女三人の股間から放たれた牝のフェロモンが混じり合い、プレハブ小屋は異様な淫臭と熱気がこもっていった。篤史は酒に酔うように、その匂いと熱に酔ってしまった。舐めるほどにしたたってくる濃密な花蜜に理性を溶かされ、口のまわりがぐっしょりになるほどクンニに没頭した。

（も、もう挿れてもいいよな……）

勃起しきった肉茎を握りしめた。三人に負けないほど、鈴口からは大量の先走り液がしたたっていた。

「さ、佐緒里さんがいちばん濡れてるみたいなんで、佐緒里さんと最初にすることにします」

言い訳がましく宣言し、切っ先を佐緒里の花園にあてがっていく。本当は理由なんてどうでもよかった。早く誰かと繋がりたくて、我慢できなくなってしまったのだ。

左側に四つん這いで並んでいる彩香と可菜子が、盗み見るようにこちらを見ていた。羞恥と嫉妬、そしてこの異常な状況への隠しきれない興奮が入り混じり、二人の目は妖しいまでに輝いている。

気にしても仕方ないので、篤史はひとまず、佐緒里だけに集中することにした。

「い、いきますよ……」

しなやかにくびれた柳腰をがっちりと両手でつかんだ。亀頭にねっとりと絡みついてくる柔らかい女肉を引き裂くように、ずぶずぶと貫いていった。

「はっ、はぁうあああーっ！」

佐緒里はいままでこらえていた女の悲鳴を一気に爆発させた。柳腰をきつく反りかえらせ、こみあげる喜悦に身震いしている。つやつやと絹のような光沢を放つストレートの黒髪が、ワインレッドの制服の上で艶めかしく波打つ。

蜜壺は濡れ具合も熱気も充分だったので、篤史はすかさず抽送を開始した。興奮しきった肉茎は、まるで自分のものとは思えないくらいにみなぎっている。最奥に向けて、ぐいぐいとストロークを送りこんでいく。

「はぁあおおっ……か、硬いっ！　守矢くん、硬すぎるうっ！」

佐緒里は小ぶりのヒップをしきりに振り、あられもなく乱れだした。抜き差しするほどに、勃起は硬度を増していくようだった。肉厚の花びらを大胆に巻きこみ、そしてひろげ、熱く煮えたぎる女肉をしたたかに攪拌する。

（さ、佐緒里さんだって……す、すごい締めつけだ……）

締めつけばかりではなく、愛液の量も尋常ではなかった。一分もしないうちに玉袋のほうまで垂れこぼれ、ストロークのたびに、ぐちょっ、ぐちょんっ、と大胆な肉擦れ音がたちのぼった。

篤史がほかの二人のことも忘れて抽送に没頭していると、不意に尻を叩かれた。叩いてきたのは、隣の彩香だ。

「ねえ、わたしも濡れてる……すごい濡れてるから……」

切羽つまった声でささやく。可憐な美貌は情感たっぷりに紅潮しており、挿入をねだるように、丸いヒップをぷりぷり振る。

よく見ると、片方の白手袋をはずし、指で割れ目をいじっていた。ぴちゃぴちゃと卑猥な音がたつほど大胆に、オナニーしていたのだった。

（あ、彩香さん……我慢できなくてそんなことまで……）

篤史はその光景に胸を締めつけられた。Ｚデパートのナンバーワン・エレベーターガールに、セックスを待たせてオナニーさせてしまうなど、犯罪的な行為だと思った。

「あおっ……」

肉茎を引き抜くと、佐緒里が泣きそうな顔で振りかえり、恨みがましい目を向けてきた。しかし、後がつかえているのだ。断腸の思いでその視線を振りきり、黄色い制服を着た彩香に身を寄せた。佐緒里よりずっと大きな、丸々と張りつめた桃尻をつかみ、勃起を突きたてていく。

「ああんっ！」

彩香が肉づきのいいボディをはずませる。待ちかねた刺激を味わうように、豊臀をグラインドさせて肉茎をしゃぶりあげてくる。

「ああーんっ！　届くっ！　奥まで届いちゃううぅーっ！」

篤史は蜂腰をつかんで、抽送を開始した。鋼鉄と化した肉茎で、ゴム鞠のようなボディをバウンドさせるように突きあげていく。

と同時に、可菜子からの鋭い視線を感じてもいた。じっと四つん這いの体勢を取りながらも、双頰を膨らませ、怖いくらいに目を吊りあげた口惜しげな表情で、篤史を睨みつけていた。

——なによ！　わたしのおかげで4Pできることになったのに、どうしていちばん後まわしなの！

そんな心の声が聞こえてきそうだ。

たしかにその通りだった。可菜子がひとり積極的な態度を見せなければ、こんな展開はなかっただろう。とはいえ、まだ挿入したばかりなのに彩香との結合をとくのも気が引ける。

思いあまった篤史は、

「あ、あの……もうちょっと真ん中に寄ってください！」

可菜子と佐緒里に手招きし、いま貫いている彩香の身体に、くっつきそうなくらい接近させた。そうしておいて、二人の割れ目に手指を伸ばした。

「はぁおおおっ！」

「はぁああんっ！」

可菜子と佐緒里がのけぞって声をあげる。篤史はそれぞれの割れ目をまさぐり、花びらの間で指を泳がせた。そうしつつ、腰を素早く前後させて、彩香の蜜壺に律動を送りこんでいく。

「ああーんっ！　あんあんあんあんっ！」

「はぁおおっ！　はぁおおおおおーっ！」

「はぁあんっ！　はぁあああああんっ！」

高らかにあえぐ三人はもう、羞じらってはいなかった。お互いを意識して、声を押し殺すこともなかった。それどころかまるで淫らさを競い合うかのように、四つん這いの身体をよじり、歓喜の悲鳴を轟《とどろ》かせた。

5

（ああ、すごい……二人ともすごいヌルヌルだ……）

佐緒里と可菜子の割れ目を両手でいじりながら、篤史はひどく昂ぶっていった。

いつまでも待たせては申し訳ないと思ってはじめた指での愛撫だったが、それが想像以上に興奮を誘ったのだ。妖しくヌメッた花びらや、熱く息づく粘膜をいじりまわすことは、女体を悦ばせるに留まらず、男にとってもたいへんな刺激なのだと初めて知った。

両手の中指を突きたてて割れ目をほじれば、どちらの蜜壺も食虫花《しょくちゅうか》のように食いついてくる。まるで指がペニスにでもなったような気分で、篤史は二つの女陰を味わった。そうすることで、彩香を突きあげる腰の動きに力がこもっていく。本物のペニスも熱くみなぎる。

「ああんっ！　す、すごい……すごいよおおおっ……」

彩香は黄色いフェルト帽を飛ばして、栗色の髪を振り乱した。

「わ、わたしっ……もうダメッ……イッ、イキそう……」

振りかえってこちらを見た彩香の顔は、感極まってくしゃくしゃになっていた。大きな瞳が激情の涙に潤み、唾液に濡れた唇がわなないている。

篤史は焦った。

淫らな収縮を開始した彩香の蜜壺とこのまま繋がりつづけ、彼女がアクメに達すれば、射精を我慢できなくなるだろう。そんなことになれば、可菜子の怒りを買うこと確実だった。射精するならせめて、順番が最後になった可菜子のなかでするべきだ。それが三人と同時にまぐわうことを望んだ男の、最低限の責務だろう。

「ご、ごめんなさいっ！」

篤史は絶叫し、肉茎を引き抜いた。アクメを寸前で取りあげられた彩香が、失望の悲鳴をあげる。そのつらさは痛いほどよくわかったが、フォローすることはできなかった。非情さを心で詫びながら、可菜子のヒップに移動した。

「お、お待たせしました」

間抜けなことを口走りつつ、二人分の愛液でべっとり濡れた勃起を花園にあてがっていく。焦らし抜かれて熱く火照った花びらが、口づけるように亀頭に吸着してくる。

篤史は息を吞み、逆ハート形の豊臀をずんっと突きあげた。

「はぁあううううーっ！」

清楚な受付嬢の制服がのけぞった。よほど待ちかねたのか、可菜子は挿入しただけでちぎれんばかりに首を振り、畳に爪を立てて掻き毟った。

「あぁあっ、熱いっ！　奥まで熱いのがあたってるうっ！」

蜜壺はすでにドロドロにとろけきっていたので、篤史はいきなりフルピッチで抽送した。図らずもいちばん後まわしにしてしまったお詫びの意味もあったし、篤史自身の興奮も最高潮に高まっていたからだ。

「うおおっ！　うおおおおっ！」

雄叫びをあげながら、こみあげる激情を豊臀に叩きつけた。たっぷりした尻肉がパンパンパンパンパンッと乾いた音を鳴らす。細腰をがっちりつかみ、フルピッチで突きあげては、最奥をこねまわすようにグラインドさせる。

「そ、そこいっ……そこそこそこうっ……」

可菜子が帽子を飛ばして振りかえる。四つん這いで繋がり合ったまま、口づけを求めてくる。

燃えるように熱くなった舌を吸ってやり、唾液と唾液を交換した。制服の上から豊満なバストを揉みしだき、そうしつつも絶え間なく深いグラインドで蜜壺を責めたてる。

「ああっ、可菜子さんっ！　可菜子さんっ！」

射精欲が高まり、再び激しいストロークを繰りだすと、

「はっ、はぁうううううーっ！」

可菜子は甲高く叫んで、四つん這いの身をよじりだした。優美なカールのかかった黒髪をしきりに波打たせ、首筋や耳殻まで生々しいピンク色に染め抜いていく。可菜子の絶頂も近そうだ。

「ずるいよ、可菜子ばっかりキスまでしてぇ」

耳もとでささやかれ、篤史は我に返った。彩香が身体を起こして身を寄せてきていた。しかも全裸だった。黄色い制服をすっかり脱ぎ捨て、豊満すぎるグラマ

ーボディに汗の光沢だけを纏っていた。

「そうよ、わたしにもキスして」

逆側には、こちらも制服を脱ぎ捨てて全裸になった佐緒里がいた。双頬を両手で包まれ、唇を奪われた。可菜子同様に熱化した舌が、ぬるりと口内に侵入してきた。

「ぅうんっ……はぁあん……」

「ぅむうっ……むうぅっ……」

篤史はなすがままに舌を絡められ、吸いたてられながら、不思議な感慨に駆られていた。考えてみれば、佐緒里と彩香の全裸を見たのは初めてなのだ。

「ああーん、佐緒里先輩、ずるいですぅ。わたしがキスしようと思ったのに」

彩香は唇を尖らせ、その尖らせた唇で乳首を吸ってきた。チュパチュパと音をたて、乳頭の芯を吸いたててくる。

「ぅむぐっ……むむっ……」

篤史は佐緒里に口を塞がれたまま悶絶した。昨日可菜子に開発されたばかりの乳首は、新たな性感帯と言っていいほど敏感になっていた。

（たまんないっ……たまんないよおっ……）

バックで可菜子と繋がり、佐緒里に口内を舐めまわされ、彩香には乳首を吸われている。総身のうぶ毛が逆立つような喜悦が、頭の先から爪先まで電気のように走り抜けた。とはいえ、キスや乳首舐めを受けながらだと、どうしても抜き差しに集中できない。ストロークのピッチが緩み、近づきかけた射精感がじわじわと遠のいていく。

「ふうん。きみって乳首が感じるタイプだったんだ」

首筋を立てて悶えている篤史を見て、佐緒里が妖しく笑う。キスを中断して、彩香と反対側の乳首を吸いたててくる。

「うっ、うおおおーっ！」

篤史はのけぞり、そのままあお向けに倒れてしまった。それでも結合はとけなかった。可菜子がしっかりと追いかけてきて、背面騎乗位の体勢になったからだ。可菜子は前屈みになって両膝を立て、豊かなヒップを上下に動かして肉茎をしゃぶりはじめた。

「キスして」

彩香が、ようやく自分の番だとばかりに迫ってくる。しかし、唇を合わせてはこなかった。むっちりした太腿を持ちあげ、篤史の顔にまたがってきたのだ。

「むっ……むぐうっ……」

びしょ濡れの花唇で鼻と口を塞がれ、篤史は目を白黒させる。

「ああんっ！　さっきわたし、もうちょっとでイキそうだったんだから。舐めてっ！　舐めてイカせてっ！」

彩香は両の太腿で顔面を挟みこみ、花唇を前後左右に擦りつけてきた。ぐっしょりに濡れた二枚の花びらが、まるで唇のように顔中を舐めまわしてくる。

（ああっ、彩香さんっ……なんていやらしいんだっ……）

篤史は限界まで口を開き、舌と唇で割れ目を刺激してやった。

奔放で、天真爛漫で、手に負えないところがある彩香だけれど、欲情に悶えているところはやはり素敵だった。いやらしいのに、愛らしい。最高に淫らなのに、最高に可憐なのだ。

「むぐっ……むぐぐっ……」

篤史は息苦しさも忘れてヌラつく粘膜を舐めまわしつつ、両手を彩香の乳房に伸ばしていった。じっとりと汗ばんだ肉の果実を鷲づかみ、したたかに指を食いこませた。

「ああんっ！　いいっ、いいいっ、いいっ、とってもいいよおっ！」

彩香は甲高く叫び、豊満なヒップを大きく揺らす。ひくひくと収縮を開始した蜜壺が、突きたてた舌をしゃぶりかえしてくる。

「あーあ、取られちゃった。わたしも狙ってたのに」

枕もとで佐緒里が言った。裸身に汗を浮かべて顔面騎乗に没頭している彩香に、恨めしげな目を向けている。

「ねえ、せめて手くらい貸して」

佐緒里は、篤史の左手を彩香の乳房から剝がすと、それを自らの股間に導いていった。指を折り曲げられ、人差し指と中指の二本が、煮えたぎる蜜壺に呑みこまれていく。

「はぁあおおおっ！」

膝立ちの体勢で股間に二本指を咥えこんだ佐緒里は、長い黒髪を振り乱してあられもなくよがりだした。篤史の手首を両手でつかんで揺り動かし、ピストン運動を強制してくる。篤史は応えるように、二本指を鉤状に折り曲げて、上壁のざらざらしたところを掻き毟ってやる。

「はぁあおおおっ！　もっとっ！　もっとよっ！」

佐緒里がちぎれんばかりに首を振る。篤史は親指でクリトリスを擦れるように位置を調整し、ヴィーナスの丘を外と内から挟みこむようにして、さらに激しく佐緒里を責めたてていく。

「はぁあおおおっ！　はぁおおおおーっ！」

「はぁあああんっ！　はぁあああんっ！」

「あああああーんっ！　あんあんあんあんっ！」

三人の美女が発する悲鳴が、螺旋《らせん》を描いて上昇していった。嬌声と熱気と発情した牝のフェロモンが渦巻く歓喜の嵐に、篤史は頭から呑みこまれていく。

「ああっ、もうダメッ！」

可菜子が叫んだ。切羽つまった声だった。篤史からは彩香の身体に遮られて様子はうかがえなかったが、蜜壺がざわざわとざわめきだした。うごめきだした貝肉質の粘膜が、肉茎にぴったりと吸着してきた。

「もうイキそうっ……もうイッちゃいそうっ……」

「わ、わたしもっ！」

彩香が叫んだ。篤史の頭にしがみつき、競馬のジョッキーのように腰を使って、顔面に割れ目を擦りつけてくる。

「わ、わたしもイッちゃうよおっ！」

「ああっ、置いてかないでっ！」

佐緒里が焦った声をあげ、篤史の手首を必死に動かす。それだけでは刺激が足りないらしく、片手で自ら乳房をつかみ、乳首をひねりあげている。

「はぁあああっ……もう少しっ……わたしももう少しだからっ……」

もちろん、篤史の限界もすぐ側まで迫っていた。三つの女体と同時にまぐわえる興奮に陶然としながら、彼女たちの性感を必死で刺激していた。可菜子を下から突きあげ、舌と右手で彩香の割れ目と乳房を愛撫し、左手で佐緒里のGスポットをまさぐっていた。

まるで全身がペニスになってしまったみたいだ。

（ああっ、すごいっ……もうダメだっ……我慢できないっ……）

美女三人をアクメに導いてから射精したかったが、こみあげる激情を耐えきれなかった。ブリッジするように腰を突きあげ、可菜子を責めた。亀頭がぐんっと膨らみ、アクメの予兆に痙攣する蜜壺とぴったりと一体化していく。

「ああっ、もうダメッ！　イッ、イクウウウウウウーッ！」

可菜子が壊れた機械のようにガクンッガクンッと総身を跳ねあげ、蜜壺が収縮を開始する。

「ああんっ、いやあんっ！　わたしもイクッ！　イッちゃううう——っ！」

彩香が叫び、

「はぁあおおおおおおおおおおおおおお——っ！」

佐緒里の咆哮がそれに続いた。

（やった！　三人とも……三人ともイカせたぞ……）

達成感に身震いした瞬間、篤史にも限界が訪れた。

「おうおうっ……出るっ……出るうううう——っ！」

アクメに収縮する可菜子の蜜壷を深々と突きあげ、煮えたぎる白濁をドクドクと吐きだした。吐きだすたびに、稲妻に打たれたような快美感が五体を打ちのめした。子宮底に熱い樹液を感じた可菜子が、もう一度甲高い悲鳴をあげる。

「イクイクイクッ！　またイッちゃうううううう——っ！」

篤史は半ば朦朧としながら、断続的に続く射精を堪能した。それぞれに、アクメの衝撃に身悶えている女体の様子がたまらなくいやらしくて、しつこいまでに射精は続いた。

永遠に終わらなければいいと思った。三人の美人デパートガールと、いつまでもこうして恍惚に身をよじりつづけたかった。ここはもはやデパートの地下三階ではなく、桃源郷以外のなにものでもなかった。

やがて、三人ともがっくりと畳に崩れ落ちた。

激しく乱れた呼吸が整うまで、誰ひとり身動きをとることができなかった。

(セフレっていうのも、悪くないかもしれないな……)

激しい射精の余韻でぼんやりした頭で、篤史は思った。こんな虹色のハーレムを味わえるなら、セックスフレンドも悪くない。痴漢ごっこでも、野外プレイでも、ソフトSMでも、なんでもいい。これからも一生懸命奉仕するので、もう一度この素晴らしい桃源郷に導いてほしい。

どれくらいそうしていただろう。

やがて可菜子が腕時計を見て言った。

「……やだ。休憩時間、もう終わってる」

全員がハッと我に返って、いそいそと服を着けはじめた。自分たちが演じていた痴態が急に恥ずかしくなり、妙な空気が流れた。四人とも、視線を合わせようとしなかった。

「じゃあ、先に行くわ」

ひとり全裸になっていなかった可菜子が、いちばんに出ていった。佐緒里が髪の乱れを気にしながらそれに続く。

篤史も出ていこうとすると、彩香に腕を取られた。

篤史は腕時計と彩香を交互に見た。フロア長の怒り狂った顔が、脳裏にチラついている。

「なんですか？」

「急がないとぼく、デパート馘《くび》になっちゃいますよ」

それでも彩香は気まずげに口を結んだまま、篤史の腕を離さない。

「……なんかむかつく」

ポツリと言った。アクメの余韻で潤んだ瞳に、嫉妬の感情が浮かんでいた。

「セフレって、むかつくね。きみの気持ちが、ちょっとわかった。きみのこと、わたしが独り占めしたくなった」

「マ、マジですか？」

篤史は胸を躍らせた。女同士が艶を競った淫らな4Pが、図らずも奔放な彩香の心を動かしたらしい。

「そ、それじゃあ、彩香さん、ぼくの……ぼくだけの彼女に」

「それはわからないけど」

彩香は悪戯っぽく笑い、

「でも、今日はすごく妬けちゃったな。だからそのうち、わたしだけの彼氏になってって、お願いするかもね」

歌うように言うと、照れ笑いを残してプレハブ小屋を飛びだした。

「ま、待ってくださいよ!」

篤史は追いかけた。美女三人とセフレの関係を続けるのと、彩香がステディな彼女になってくれるのと、どちらがいいだろう。にわかには答えが出そうにない究極の選択だったけれど、目の前で元気にはずんでいる黄色いエレベーターガールの制服を見つめていると、ズボンの下で肉茎が再び熱くみなぎっていった。

※この作品は双葉文庫のために
書き下ろされたものです。

双葉文庫

く-12-02

微熱《びねつ》デパート

2004年11月20日　第1刷発行

【著者】
草凪優《くさなぎゆう》

【発行者】
佐藤俊行

【発行所】
株式会社双葉社
〒162-8540 東京都新宿区東五軒町3番28号
[電話]03-5261-4818(営業) 03-5261-4833(編集)
[振替]00180-6-117299
http://www.futabasha.co.jp/
(双葉社の書籍・コミックが買えます)

【印刷所】
株式会社亨有堂印刷所

【製本所】
株式会社若林製本工場

【表紙・扉絵】南伸坊
【フォーマット・デザイン】日下潤一
【フォーマット写植】飯塚隆士

ISBN4-575-50979-5 C0193

橘真児
新婚えっち
書き下ろし長編
新妻ピュア官能

元教え子まゆみと結婚した高校教師の御子柴賢司だったが、彼女の姉は初恋の相手?! 波乱万丈の素敵な新婚生活が始まる。

館淳一
ピーピング・ラブ
幻のエロチック・コレクション

五月病のぼくが見つけた唯一の楽しみは、清楚な女の子レイちゃんをピープすることだった。表題作他「ぴーぴんぐ・れいぷ」を収録。

牧村僚
淑女淫戯
長編ふともも エロチカ

仲村元之は、部下のOL笠井直美に誘われるまま痴漢ごっこを楽しみ、それが契機となってリストラの危機も撥ね退けるが。

牧村僚
人妻乱戯
長編ふともも エロチカ

大学に合格して上京した北川隆史は、人妻美人助教授沖田雅子に心を奪われる一方、魅惑的な人妻たちと至福の体験を重ねる。

牧村僚
淫望の街
書き下ろし長編
サスペンス・エロス

新宿を愛し新宿区役所に勤務する村井一馬が、バブル学園と呼ばれる高校屋上から女教師が墜死した事件の真相を追う!!

睦月影郎
美《び》乳《にゅう》の秘蜜
長編エロス
文庫オリジナル

いきなり現れた美貌の上司の目的は、社の新プロジェクト・精巧なラブドール開発だった。さえない独身営業マン朝井は新しい世界を……。

睦月影郎
あこがれの女教師《せんせい》
書き下ろし長編
フェチック・エロス

三浪中の梶沢厚志は、同窓会で再会した美人高校教師今日子に、再燃した熱い思いをこめてアプローチ。眼鏡の奥に先生の情念が燃える。